O anatomista

Federico Andahazi

O anatomista

Tradução de Paulina Wacht e Ari Roitman

www.lpm.com.br

L&PM POCKET

Coleção **L&PM** Pocket, vol.

Primeira edição na Coleção **L&PM** Pocket: janeiro de 2005

Título original: *El anatomista*
Tradução adquirida conforme acordo com a Editora Dumará Distribuidora de Publicações Ltda.

Tradução: Paulina Wacht e Ari Roitman
Capa: L&PM Editores sobre detalhe de obra de Albrecht Dürer, *Adão e Eva,* 1507 (Museu do Prado, Madri).
Revisão: Larissa Roso

ISBN: 85.254.1359-3

A543a Andahazi, Federico,
O anatomista / Federico Andahazi; tradução de Paulina Wacht e Ari Roitman. -- Porto Alegre: L&PM, 2005.
224 p. ; 18 cm. -- (Coleção L&PM Pocket)

1.Literatura argentina-Romances. I.Título. II.Série.

CDU 821.154.2(82)-3

Catalogação elaborada por Izabel A. Merlo, CRB 10/329.

PORTO ALEGRE: Rua Comendador Coruja 314, loja 9 - 90220-180
Floresta - RS / Fone: (0xx51) 3225.5777
Informações e pedidos: info@lpm.com.br
www.lpm.com.br

Impresso no Brasil
Verão de 2005

Sumário

PRÓLOGO

PRIMEIRA PARTE

SEGUNDA PARTE

TERCEIRA PARTE – Os fatos do processo

QUARTA PARTE

QUINTA PARTE

SEXTA PARTE

PRÓLOGO

A PRIMAVERA DO OLHAR

"Oh, minha América, minha doce terra encontrada!", escreve Mateo Realdo Colombo (ou Mateo Renaldo Colón, como registra a rubrica hispânica) em sua *De re anatomica*.[1] Não se trata de uma exclamação presunçosa, à guisa de *Eureca!*, e sim de um lamento, uma paródia amarga dos seus próprios avatares e do próprio infortúnio, projetada na figura do seu xará genovês, Cristóphoro. Um mesmo sobrenome e, quem sabe, um mesmo destino. Eles não eram unidos pelo parentesco, e a morte de um ocorre apenas doze anos após o nascimento do outro. A "América" de Mateo é menos remota e infinitamente mais breve que a de Cristóvão; de fato, ela não excede em muito o tamanho da cabeça de um prego. Mas teve que permanecer em silêncio até a morte do seu descobridor e, apesar da insignificância de suas dimensões, não provocou menos agitação que aquela.

Estamos no Renascimento. O verbo é Descobrir. É o ocaso da pura especulação *a priori* e dos abusos do silogismo, em benefício da empiria do olhar. É, exatamente, a primavera do olhar. Talvez Francis Bacon na Inglaterra e Campanella na Itália tenham notado que enquanto os escolásticos perdiam-se nos repeti-

1. *De re anatomica*, 1559, liv. XI, cap. XVI.

dos labirintos do silogismo, o simplório do Rodrigo de Triana, à mesma hora, gritava "*Terra!*" e, sem saber, precipitava a nova filosofia do olhar. A escolástica – como a Igreja finalmente entendeu – não era muito rentável ou, pelo menos, proporcionava menos utilidades que a venda de indulgências, posto que Deus decidiu pedir dinheiro aos pecadores. A nova ciência é boa desde que sirva para arrecadar ouro. É boa desde que não exceda a verdade das Escrituras, e é melhor ainda tratando-se da escritura de bens. Assim como o sol começava a deter a sua marcha ao redor da Terra – o que não aconteceu, naturalmente, de um dia para o outro –, da mesma maneira a geometria se rebelava contra a planície do papel para colonizar o espaço tridimensional da topologia. Eis o maior trunfo da pintura renascentista: se a natureza está escrita em caracteres matemáticos – como anunciava Galileu –, a pintura haverá de ser a fonte dessa nova noção de natureza. Os afrescos do Vaticano são uma epopéia matemática, como testemunha o abismo conceitual que há entre a *Natividade* de Lorenzo de Mônaco e *O triunfo da cruz*, que recobrem a abside da *Capella della Pietá*. Por outro lado, mas por causas semelhantes, não há cartografia que se sustente. Mudam os mapas do céu, os da Terra, os dos corpos. Lá estão os mapas anatômicos, que são as novas cartas de navegação da cirurgia... E então, regressamos ao nosso Mateo Colombo.

Estimulado talvez pela homonímia com o almirante genovês, Mateo Colombo decidiu que seu destino também era descobrir. E lançou-se aos próprios mares. Por certo, suas águas não eram as mesmas que as do xará. Foi o maior explorador anatômico da Itália, e entre os seus descobrimentos mais modestos encontra-se nada mais nada menos que a circulação do sangue, antecipando-se à demonstração do inglês Harvey (*De motus cordes et sanguinis*), muito embora até mesmo esse descobrimento fosse uma coisa menor em relação à sua "América".

O fato é que Mateo Colombo nunca chegou a publicar o seu achado, coisa que ocorreu no mesmo ano da sua morte, em 1559. Era preciso ter cuidado com os Doutores da Igreja; os exemplos proliferam: três anos antes, Lucio Vanini "se fez" queimar pela Inquisição a despeito, ou talvez por causa, da sua declaração de que não daria nenhuma opinião sobre a imortalidade da alma até ficar "velho, rico e alemão".[2] E certamente o descobrimento de Mateo Colombo era mais perigoso que a opinião de Lucio Vanini. Isso sem contar a aversão que o nosso anatomista sentia pelo fogo e pelo cheiro de carne queimada, sobretudo em se tratando da própria.

2. A. Weber, *História da filosofia européia.*

O SÉCULO DAS MULHERES

O século XVI foi o século das mulheres. A semente que Christine de Pisan semeara cem anos antes florescia por toda a Europa com o doce perfume de *O ditado dos verdadeiros amantes.* Não foi de modo algum casual que o descobrimento de Mateo Colombo tenha eclodido no tempo e no espaço em que se deu. Até o século XVI, a História era narrada pela grave voz masculina. "*Onde quer que se olhe, lá está ela com a sua infinita presença: do século XVI ao XVIII, na cena doméstica, econômica, intelectual, pública, conflitual e até mesmo lúdica da sociedade, encontramos a mulher. Em geral, solicitada por suas tarefas cotidianas. Mas também presente nos acontecimentos que constituem, transformam ou dilaceram a sociedade. De cima a baixo da escala social, ela ocupa o conjunto dos espaços, e sobre a sua presença falam constantemente aqueles que a contemplam, amiúde para assustar-se*", declaram Natalie Zemón e Arlette Farge em *História das mulheres.*[3]

O descobrimento de Mateo Colombo surge, precisamente, quando os âmbitos das mulheres – sempre da porta para dentro – começam, pouco a pouco e sutilmente, a sair dos muros dos beatérios e dos monastérios, dos prostíbulos ou da tépida, mas não menos monástica, doçura do lar. A mulher, timida-

3. *História das mulheres*, Editorial Taurus.

mente, atreve-se a discutir com o homem. Com algum exagero, chegou-se a dizer que no século XVI foi travada a "Batalha dos sexos". Verdade ou não, a questão das incumbências das mulheres instala-se como um tema de discussão entre os homens.

Em tais circunstâncias, o que era a "América" de Mateo Colombo? Certamente, o limite entre descoberta e invenção é muito mais difuso do que parece à primeira vista. Mateo Colombo – é hora de dizer – descobriu aquilo com que todo homem sonhou alguma vez: a chave mágica que abre o coração das mulheres, o segredo que governa a misteriosa vontade do amor feminino. Aquilo que, desde o começo da História, foi buscado por bruxos e feiticeiras, xamãs e alquimistas – mediante a infusão de toda sorte de ervas ou o favor de deuses e demônios –, aquilo, enfim, que todo homem apaixonado sempre ansiou, ferido pelo desamor do objeto de seus desvelos e de sua desdita. E também, aliás, aquilo com que os monarcas e governantes sonharam, pela mera ambição da onipotência: o instrumento que subjugasse a volátil vontade feminina. Mateo Colombo buscou, peregrinou e, finalmente, encontrou a sua "doce terra" desejada: "o órgão que governa o amor nas mulheres". O Amor Veneris – tal é o nome com que o anatomista batizou-o, "se me é permissível dar nomes às coisas por mim descobertas" – constituía um verdadeiro instrumento de potestade sobre o escorregadio – e sempre obscuro – arbítrio feminino. Por certo, tal achado apresentava mais de uma aresta: "Com que calamidades a cristandade não se veria confrontada se as hostes do demônio se apoderassem do feminino objeto do pecado?", perguntavam-se, escandalizados, os Doutores da Igreja. "O que seria do rentável negócio da prostituição se qualquer pobre entrevado pudesse ganhar o amor da mais cara das cortesãs?", perguntavam-se os ricos proprietários dos esplêndidos lupanares de Veneza. Ou, ainda pior, o que aconteceria se as filhas de Eva descobrissem que trazem no meio das pernas as chaves do céu e do inferno?

O descobrimento da "América" de Mateo Colombo foi também – e na sua medida – uma épica, cortada pela ladainha de um réquiem. Mateo Colombo foi tão feroz e impiedoso quanto Cristóvão; como aquele – e com a mesma literal propriedade –, foi um *colonizador* brutal que reclamava para si mesmo o direito sobre as terras descobertas: o corpo da mulher.

Mas, por outro lado, para além do que o *Amor Veneris significava*, uma outra polêmica seria suscitada pelo que *era* esse órgão. Existirá o órgão que Mateo Colombo descreveu? Esta é uma pergunta inútil que deveria, em todo caso, ser substituída por outra: *Existiu o Amor Veneris?* As *coisas* são, ao fim e ao cabo, as *vozes* que as nomeiam. *Amor Veneris, vel Dulcedo Apeleteur* – nome com que o seu descobridor batizou o órgão – tinha um conteúdo fortemente herético. Se o *Amor Veneris* coincide com o menos apóstata e mais neutro *kleitoris* (comichão) – que alude a efeitos antes que a causas –, é um assunto que haverá de preocupar os historiadores do corpo. O *Amor Veneris* existiu por razões diferentes das razões da anatomia; existiu não só porque *fundou* uma nova mulher, mas porque, além disso, promoveu uma tragédia. O que vem a seguir é a história de um descobrimento.

O que vem a seguir é a crônica de uma tragédia.

PRIMEIRA PARTE

A TRINDADE

I

Do outro lado do Monte Veldo, na viela de Bocciari, perto da Santa Trindade, estava *il bordello dil Fauno Rosso*, a casa de putas mais cara de Veneza, cujo esplendor não tinha concorrência em todo o Ocidente. A atração do bordel era Mona Sofia, a puta mais bem cotada de Veneza e, com toda certeza, a mais esplêndida do Ocidente. Superior, mesmo, à legendária Lenna Grifa. Assim como ela, Mona Sofia percorria as ruas de Veneza numa liteira conduzida por dois escravos mouros. Assim como Lenna Grifa, levava uma cadela da Dalmácia aos pés da liteira e, no ombro, um papagaio. Como podia-se constatar no *catalogo di tutte le puttane del bordello con il lor prezzo*[1], seu nome vinha impresso em letras destacadas e, em números mais notórios ainda, o preço: dez ducados, ou seja, seis ducados a mais do que a própria legendária Lenna Grifa.[2] O catálogo, de feitura muito bem-cuidada, editado que era para viajantes seletos, nada dizia, naturalmente, sobre os seus olhos verdes como esmeraldas e nem sobre os mamilos duros como amên-

1. Catálogo que D. Merejkovski menciona em seu *Leonardo da Vinci*, editora Juventud, Barcelona, 1940.

2. Nota-se que uma fortuna para suficiente para viver uma vida inteira de luxos era de uns mil ducados.

doas, cujo diâmetro e textura evocavam a pétala de uma flor – se houvesse – que possuísse o diâmetro e a textura dos mamilos de Mona Sofia. Nada dizia sobre as suas coxas firmes de animal, torneadas como a madeira, nem sobre a sua voz de lenho ardendo. Nada dizia sobre as suas mãos que, de tão pequenas, pareciam não abranger o diâmetro de um falo, nem sobre a sua boca mínima, cuja cavidade diria-se impossível de acolher o volume de uma glande inflamada. Nada dizia sobre o seu talento de puta, capaz de levantar a coisa até mesmo de um ancião desenganado.

Numa madrugada de inverno do ano 1558, pouco antes de o sol aparecer no meio das duas colunas de granito – trazido da Síria e de Constantinopla – e de situar-se entre o leão alado e São Teodorico, quando os autômatos mouros da Torre do Relógio se dispunham a bater a primeira das seis badaladas, Mona Sofia acabava de despedir-se do seu último cliente, um rico comerciante de sedas. Descendo os degraus que conduziam ao pequeno átrio do bordel, o homem ajeitou a estola de lã que usava por cima do *lucco*, enfiou a *beretta* até as sobrancelhas e, espreitando pelo vão da porta, certificou-se de que nenhum passante o veria sair. Do bordel foi direto para a Santa Trindade, cujos sinos convocavam para o primeiro ofício.

Mona Sofia estava com as costas cansadas. Para seu desgosto, quando puxou as cortinas de seda púrpura da janela de sua alcova, constatou que já amanhecera. Odiava ter que dormir com o burburinho que chegava da rua. Pensou que era uma boa oportunidade para aproveitar o dia. Reclinada sobre a cabeceira da cama, começou a fazer planos. Primeiro se vestiria como uma dama e iria ao ofício da catedral de São Marcos – a rigor, fazia muito tempo que não ia à missa –, depois se confessaria e, livre de qualquer remorso, passaria finalmente pela *Bottega dil Moro* para comprar uns perfumes que havia prometido solenemente a si mesma. Continuou planejando enquanto se cobria um pouco mais com as mantas – o repouso, depois daquela noite fatigante, estava começando a baixar a sua temperatura – e fechou os olhos para poder pensar com maior clareza.

Os sinos ainda não haviam terminado de tocar quando Mona Sofia, como todas as manhãs, adormeceu profunda e placidamente.

II

Naquele mesmo horário, porém em Florença, caía uma garoa fina sobre o campanário da modesta abadia de São Gabriel. Os sinos tocavam com tanta decisão que até parecia que quem lhes puxava as cordas era o obeso abade, e não as delicadas mãos de uma mulher. Entretanto, o abade ainda estava dormindo. Com a pontual devoção que todas as manhãs a tirava da cama antes da alvorada – fizesse frio ou calor, chovesse ou caísse gelo –, Inês de Torremolinos pendurava-se nas cordas com a sua leve ossatura e, como se estivesse animada pelo Todo-Poderoso, conseguia mover os sinos, cujo peso superava em não menos de mil vezes o do seu feminino e imaculado corpo.

Inês de Torremolinos vivia numa austeridade

franciscana, apesar de ser uma das mulheres mais ricas de Florença. Primeira filha de um nobre casal espanhol, ela era muito jovem quando contraiu matrimônio com um insigne senhor florentino. De maneira que, como prescreviam as normas maritais, partiu da sua Castela natal para ir morar no palácio do cônjuge em Florença. Quis a fatalidade que Inês enviuvasse sem ter podido dar ao marido um elo em sua nobre genealogia: pariu três filhas mulheres e nenhum varão.

Sendo uma viúva muito jovem, tudo o que Inês possuía era: o pesar por não ter engendrado um menino, uns poucos olivares, vinhas, castelos, dinheiro e uma alma devota e caridosa. De modo que decidiu, para esquecer sua mágoa e remediar a culpa que tinha em memória do marido, converter em dinheiro todos os bens herdados do finado – em Florença – e do seu defunto pai – em Castela – e construir um monastério. Assim, ficaria para sempre unida ao esposo imortal por meio de uma existência de pureza e celibato, e dedicaria a vida a servir aos filhos homens que o seu ventre não soubera engendrar: a comunidade monástica e os pobres. E assim fez.

Diria-se que Inês era uma mulher feliz. Tinha um olhar franciscano que irradiava paz e sossego. Suas palavras eram sempre um bálsamo para os atormentados. Dava consolo para os desconsolados e guiava o caminho dos desencaminhados. Diria-se que ela avançava sem obstáculos em direção à santidade.

Naquela madrugada de 1558, na mesma hora em que Mona Sofia, em Veneza, concluía a sua esgotadora e rentável jornada, Inês de Torremolinos começava o seu dia de alegre e desinteressada labuta. Uma ignorava a remota existência da outra. E nada permitiria supor que uma e outra pudessem ter alguma coisa em comum. O acaso, porém, traça às vezes caminhos impossíveis. Sem nem mesmo suspeitarem, sem nem mesmo se conhecerem, uma e outra eram parte de uma mesma trindade, cujo vértice estava em Pádua.

O CORVO

I

No ponto mais alto do maciço promontório que separa Verona de Trento, em cima do último penhasco a destacar-se no colar de morros que coroa o pico do Monte Veldo, tão quieto como a rocha onde pousava, o perfil de um corvo recortava-se contra o confim crepuscular, cujo epicentro dourado não parecia provir do sol – ainda virtual –, e sim da própria dourada Veneza. Como se o fundamento daquela abóbada de luz fosse o das remotas cúpulas bizantinas da catedral de São Marcos. Era o crepúsculo que antecede o dia. O corvo estava esperando. Tinha paciência. E sentia, como sempre, uma fome voraz, mas não peremptória. Seu domínio era Veneza inteira: a Veneza Eugânea – Treviso, Rovigo, Verona e, mais adiante, Vicenza – e também a Veneza Júlia. Mas o seu paradeiro era em Pádua.

Lá embaixo, tudo estava disposto para a festa de São Teodorico, a *festa di tori*. Depois do meio-dia a multidão, entre um copo e outro, iria manear cinco ou seis bois, um de cada vez, que seriam degolados, seguros pelos chifres por outras tantas mulheres, com um único e exato golpe de sabre. Era como se o corvo soubesse que haveria de ser assim. Sentia com antecedência o cheiro que mais apreciava. Mas também sabia que, com sorte, mal poderia rapinar uma mísera tripa ou um olho, que teria de disputar com os cães. Não valia a pena a viagem, nem o risco, nem o esforço.

Ainda não se movera. Tinha a paciência dos corvos. Poderia esperar até que os autômatos da Torre do Relógio batessem a última badalada e, como todas as manhãs, surgisse do Canal Grande o catamarã público que vinha recolher os cadáveres do Hospital de Humberto Primo e levá-los até a Ilha do Cemitério. Mas tampouco valeria a pena; com sorte, poderia arrebatar uma tira de carne ruim, muito magra e já dizimada pela peste.

Girou sobre as patas e olhou para o lado oposto – o leste –, onde ficava a sua morada. Lá estava o seu amo. E então remontou vôo em direção a Pádua.

II

Voou sobre as dez cúpulas da basílica e depois sobre a Universidade. Pousou sobre o capitel da quarta porta que dava para o pátio interno. Esperava. Sabia que seu amo sairia dali de uma hora para outra. Era o que acontecia todos os dias. Tinha paciência. Esticou uma asa e enfiou o bico entre as penas. Parecia só dar atenção aos íntimos agrados que se prodigava: ajeitar a plumagem do peito, livrar-se de um piolho.

No mesmo momento em que soou a badalada chamando para a missa, o corvo ficou tenso como uma corda, abriu morosamente as asas, emitiu um grasnido surdo e preparou-se para dar um pulo até o ombro do seu amo, que como todas as manhãs haveria de aparecer na arcada e, antes de encaminhar-se em direção à paróquia, iria até a morgue para dar ao corvo aquilo de que ele tanto gostava: uma tripa ainda morna.

Entretanto, naquela manhã de inverno as coisas não iriam ser iguais. Já soara a primeira badalada e o amo ainda não aparecera. O corvo sabia que o seu senhor estava dentro do claustro, podia sentir o seu cheiro, podia até ouvir a sua respiração. E no entanto ele não saía. O corvo grasnou de desgosto. Estava com fome.

O corvo e o seu amo sabiam quem era quem. E por isso mesmo nutriam um mútuo e velado receio. Leonardino – esse era o nome que o amo lhe dera – nunca pousava confiantemente no ombro do seu senhor; mantinha uma distância mínima entre suas patas e a estola, elevando-se com um bater de asas curto e regular. O amo também não se fiava do companheiro. Um e outro – ambos sabiam disso – compartilhavam o mesmo espírito inquisitivo de indagar o que se oculta por trás da carne.

Ouviu-se a segunda badalada e o amo continuava sem aparecer. Alguma coisa estranha estava acontecendo, o corvo podia adivinhar.

Todos os dias, Leonardino, pousado na balaustrada da escadaria da morgue, acompanhava atentamente os movimentos do amo, as mãos que guiavam sabiamente o escalpelo; então, ao ver o sangue que surgia por trás do fino sulco que a lâmina deixava em sua passagem, Leonardino se balançava da esquerda para a direita e emitia um grasnido de satisfação.

Por mais que tenha tentado, o amo não conseguira fazer com que Leonardino comesse da sua mão; e na verdade não faltavam motivos para temer; o corvo sabia de quem era a tripa que o amo lhe oferecera no dia anterior, reconhecia o cheiro daquele gato que, até ontem, sentava-se confiante no colo do homem que o esvaziara por dentro para dissecá-lo com a mesma mão que o acariciava e lhe dava de comer.

– Leonardino... – cantarolava o amo enquanto se aproximava lentamente do corvo, com o braço estendido brandindo uma tripa. – Leonardino... – repetia, e, à medida que avançava um passo, o corvo retrocedia outro.

Leonardino não olhava para a tripa; sentia o cheiro dela, sim, mas não olhava. Mantinha os olhos fixos nos do amo, que, ao que tudo indica, pareciam-lhe mais apetitosos que aquele pedaço de intestino. Então o homem jogava-lhe a tripa, e o corvo a segurava no bico com uma voracidade longamente contida.

Mas naquela manhã ninguém apareceu na arcada. Soava a terceira badalada quando o corvo teve certeza de que o seu amo não iria comparecer ao encontro cotidiano. Desgostoso e faminto, alçou vôo rumo a Veneza.

O VÉRTICE

I

O nome do amo era Mateo Realdo Colombo e, decerto, tinha naquela manhã de inverno do ano 1558 motivos muito bons para não comparecer ao encontro habitual que o reunia todos os dias, antes da missa, com o seu Leonardino. Encerrado entre as quatro paredes do claustro na Universidade de Pádua, Mateo Colombo escrevia.

"Se me assiste o direito de dar nome às coisas por mim descobertas, chamarei isso de Amor ou Prazer de Vênus", anotou Mateo Colombo, e dessa maneira concluiu o arrazoado que estivera redigindo durante a noite inteira. No mesmo instante em que fechou o grosso caderno de capas de pele de cordeiro, escutou as badaladas que chamavam para a missa. Esfregou as pálpebras; tinha os olhos vermelhos e as costas cansadas. Olhou para a pequena vigia que se elevava por cima da sua escrivaninha e comprovou que a vela junto ao caderno ardia agora inutilmente. Mais além, sobre as cúpulas da catedral, o sol começava a aquecer o ar e a evaporar pouco a pouco o orvalho que reverdecia o gramado do jardim em que a Universidade se erguia. Do outro lado do pátio chegava o perfume do incenso recém-aceso da capela, que por momentos se alternava, segundo dispusesse o vento, com os aromas hospitaleiros da fumegante chaminé da cozinha. E à medida que o sol se levantava por sobre as telhas da arcada, na mesma proporção ia crescendo o morno alvoroço que chegava da *Piazza dei Frutti*. Os gritos dos lojistas e o pregão dos vendedores ambulantes, os balidos das ovelhas oferecidas por dois ducados, como vociferavam as camponesas que desciam para a cidade, contrastavam com o monástico silêncio imposto pelo toque do sino a convocar para a missa.

Ainda sonolentos, esfregando as mãos para atenuar o frio e soltando vapor branco pela boca, os alunos saíam dos pavilhões para a arcada que circundava o pátio central, convergindo todos numa fila que se iniciava na entrada do pequeno átrio da capela.

De pé junto ao pároco, Alessandro de Legnano, o reitor da Universidade, controlava com unção a ordem e impunha o silêncio por meio de olhares severos dirigidos para aqui e acolá, ou, se fosse o caso, com um pigarro diretamente dedicado aos contraventores.

Antes de ouvir a última badalada, Mateo Colombo levantou-se e caminhou até a porta. Só quando girou a maçaneta e verificou que a porta do claustro estava trancada por fora, lembrou que aqueles sinos não dobravam mais para ele. O cansaço da noite em claro, e, mais que isso, a força do hábito – que toda manhã o conduzia até a capela depois de uma breve visita à morgue –, fizeram-no esquecer que agora – por disposição dos Superiores Tribunais – estava preso em seu próprio claustro. Sentia remorsos pelo seu Leonardino. Talvez devesse dar graças pela sorte que tinha; por certo seria muito pior ocupar uma cela fria e asquerosa no presídio de Santo Antônio. Talvez devesse dar graças ao Tribunal e ao reitor pelo fato de não estar de pés e mãos acorrentados e poder ver o morno sol de inverno através da pequena vigia do claustro. Certamente, as acusações que lhe eram imputadas mereciam o maior dos rigores: heresia, perjúrio, blasfêmia, bruxaria e satanismo. Por muito menos do que tais acusações os punidos eram encarcerados. Agora mesmo, do seu claustro, podia ouvir os passantes insultando – em meio a cusparadas – os réus exibidos nos pelourinhos da praça. E não passavam de ladrões de quinquilharias.

Os últimos alunos que transitavam junto à janela do claustro de Mateo Colombo ficavam nas pontas dos pés e olhavam para o interior; então o anatomista podia ouvir os murmúrios e as risadinhas maliciosas daqueles que, até ontem, tinham sido seus alunos, e mesmo dos que poderiam ter chegado a tornar-se seus fiéis discípulos. Podia vê-los.

Muito embora talvez devesse dar graças por sua sorte, Mateo Colombo amaldiçoou o dia em que saiu de sua Cremona natal. Amaldiçoou o dia em que o seu atual algoz, o reitor, decidiu colocá-lo à frente da cadeira de anatomia e cirurgia. E amaldiçoou o dia em que, quarenta e dois anos antes, nascera.

II

"Il Chirologi", como diziam os seus conterrâneos, *"Il Cremonese"*, no seu exílio em Pádua, Mateo Realdo

Colombo havia estudado Farmácia e Cirurgia na Universidade em que agora estava preso. Foi o mais brilhante discípulo de Leoniens, primeiro, e de Vesalio, depois. Quando partiu, em 1542, para fazer escola na Alemanha e na Espanha, o próprio mestre Vesalio sugeriu ao reitor, Alessandro de Legnano, que seu discípulo cremonense herdasse a cátedra. Ainda muito jovem, Mateo Colombo ganhou, por direito, o título de *Maestro dei maestri*. Para orgulho de Alessandro de Legnano, o catedrático cremonense descobriu as leis da circulação pulmonar antes do seu colega, o inglês Harvey, que injustamente recebeu os louros. Muitos o consideraram lunático quando afirmou que o sangue se oxigena nos pulmões e que não existem orifícios no tabique que divide as duas metades do coração, atrevendo-se a refutar o próprio Galeno. E, por certo, aquela era uma afirmação perigosa: um ano antes, Miguel de Servet vira-se obrigado a fugir da Espanha quando declarou, em seu *Christianismi Restitutio*, que o sangue era a alma da carne – *anima ipsa est sanguis*. Sua tentativa de explicar em termos anatômicos a doutrina da Santíssima Trindade levou-o às fogueiras de Genebra, onde o queimaram com lenhos verdes "para prolongar a agonia".[1] Mas os louros da descoberta de Mateo Colombo iriam, cem anos depois, para o inglês Harvey – que, como assinalou Hobbes em *De Corpore*, "foi o único anatomista que viu sua doutrina ser aceita em vida".

Mateo Colombo era, eminentemente, italiano; filho da plástica, da gala e do ornamento. Filho pró-

1. Knut Haeger, *The Illustrated History of Surgery*.

digo daquela Itália na qual tudo, das cúpulas das catedrais até o copo no qual o lavrador bebia, dos afrescos que enfeitavam os palácios até a foice com que o camponês ceifava, dos capitéis bizantinos das igrejas até o cajado do pastor, tudo era de uma feitura prodigiosa. Daquela mesma feitura era o espírito de Mateo Colombo; da mesma graça ornamental, da amável *gentilezza* italiana. Tudo estava animado pelo hálito de Leonardo; o artesão era artista, o artista, cientista, o cientista, guerreiro, e o guerreiro, de novo, artesão. Saber também era, além do mais, saber fazer com as mãos. Caso faltem exemplos, o próprio papa Eugênio I havia cortado com suas próprias mãos a cabeça de um prefeito um pouco díscolo.

Com a mesma mão com que deslizava a pena pelo caderno de capa de pele de cordeiro, Mateo Colombo sabia empunhar o pincel e preparar os óleos com os quais pintou os mais esplêndidos mapas anatômicos; era capaz, se quisesse, de pintar como Signorelli ou o próprio Michelângelo. Em seu auto-retrato, apresentou-se como um homem de traços finos porém enérgicos; os olhos negros e a barba escura e espessa revelavam, talvez, uma ascendência moura. A testa, alta e proeminente, era emoldurada por dois cachos que desciam até os ombros. Segundo seu próprio testemunho, tinha mãos delicadas e pálidas, cujos dedos – longos e finos – conferiam-lhe uma elegância que se diria quase feminina. Segurava o escalpelo entre o indicador e o polegar. O auto-retrato não foi apenas um fiel testemunho da sua fisionomia, mas também da sua obsessão; olhando-se bem – pois é francamente difícil de perceber –, embaixo do bisturi, na base inferior do quadro, pode-se distinguir, em meio a uma bruma difusa, o corpo nu e inerte de uma mulher. A pintura lembra uma outra, sua contemporânea: o *São Bernardo* de Sebastiano del Piombo; a desproporção entre a beatitude da expressão do santo e sua atitude, a enfiar o cajado no corpo de um demônio, é a mesma que transparece no gesto do anatomista afundando o escalpelo na carne feminina. Uma expressão de triunfo.

Numa época feita de nomes, de singularidades, Mateo Colombo usava o seu nome como quem carrega um lastro; como evitar o forçoso lugar nas sombras a que seu ilustre xará o submetia? Mateo Colombo estava condenado à paródia, à zombaria fácil dos detratores.

Sua obra, decerto, não foi menos extraordinária que a do seu homônimo. Ele também descobriu a sua "América" e, como ele, soube da glória e da desgraça. E soube da crueldade. Mateo Colombo, ao fundar a sua *colônia*, não teve mais escrúpulos nem piedade que Cristóvão. O madeiro da haste fundadora não estaria fincado nas tépidas areias do trópico, mas no centro das terras descobertas que reclamou para si: o corpo da mulher.

III

Encarcerado em seu próprio claustro, Mateo Colombo acabava de redigir a alegação que haveria de apresentar ao tribunal. Ainda reverberava o eco da última badalada a chamar para a missa quando, diante de sua janela, divisou uma figura a contraluz.

– Posso ajudar-vos em alguma coisa? – murmurou a silhueta.

Mateo Colombo, que por imposição do tribunal se viu forçado a fazer voto de silêncio, calou-se cautamente enquanto se aproximava um pouco mais da janela. Só então pôde discernir que aquela figura de pé contra o sol era o seu amigo, *messere* Vittorio.

– Estais louco, quereis porventura acabar preso como eu? – murmurou, e com um gesto nada hospitaleiro sugeriu que se afastasse de imediato.

Messere Vittorio passou a mão pelas grades da janela e estendeu ao amigo uma bota com leite de cabra e uma taleiga com pão. Com um gesto de aborrecimento, quase a contragosto, Mateo Colombo recolheu-as. Na verdade, estava com fome. Quando o furtivo visitante girou sobre os calcanhares e já se dispunha a dirigir-se para a capela, ouviu um novo sussurro:

– Podeis enviar uma carta para Florença com um mensageiro?

Messere Vittorio titubeou por um instante.

– Podíeis ter-me pedido coisa mais fácil... sabeis com quanto zelo o reitor revista a correspondência... – naquele momento, os dois homens viram Alessandro de Legnano conferindo, do vão da porta da capela, se todos estavam presentes na missa. – Bem, daime a carta. Agora tenho que ir-me – disse o *messere* Vittorio, passando a mão por entre as grades.

– Ocorre que ainda não a escrevi. Se pudésseis passar por aqui à saída da missa...

O reitor divisou, então, *messere* Vittorio de pé sob a arcada.

– O que estais fazendo aí? – inquiriu, pousando as mãos nos quadris e franzindo o cenho ainda mais do que já o tinha por natureza.

O *messere* Vittorio ajeitou então as tiras de sua sandália e encaminhou-se para a capela.

– Porventura faláveis com vosso sapato?

O *messere* limitou-se a corar, com um sorrisinho estúpido.

Mateo Colombo contava com o escasso tempo de duração da missa para escrever a carta.

Quando se certificou de que não havia ninguém fora da capela, voltou a retirar o caderno que mantinha escondido sob a pequena *scriptoria* – era-lhe proibido escrever –, empunhou a pena de ganso, mergulhou-a no tinteiro e, na última página, começou a anotar. Por certo, o voto de silêncio que o tribunal lhe impusera não era um castigo arbitrário; tinha um fundamento muito preciso: evitar que o seu satânico descobrimento se propagasse como as sementes ao vento. Pela mesma razão haviam proibido que escrevesse. Restava-lhe pouco tempo. Tornou a certificar-se de que não havia ninguém por perto e então começou a escrever:

Minha senhora:

Meu espírito se debate no abismo da incerteza e se oprime na amargura de quem, tendo feito a promessa de segredo em Nome de Deus, ofende o sagrado Nome quando, injustamente, pretende-se velar a Obra Divina. É em Nome de Deus, minha querida Inês, que decidi quebrar os votos de silêncio que me foram impostos pelo reitor da Universidade de Pádua e pelos Doutores da Igreja. Temo menos a morte do que o silêncio. Muito embora, no que me diz respeito, eu esteja condenado tanto a um quanto ao outro. Quando esta carta chegar a Florença já não estarei com vida. Passei a noite redigindo o arrazoado que irei expor amanhã diante do tribunal presidido pelo cardeal Caraffa. Contudo, bem sei que, antes de poder pronunciar uma só palavra a meu favor, a sentença já estará decidida. Sei que não tenho outro destino senão a fogueira. Se pensasse que vós pudésseis interceder por minha vida nessa paródia de processo, sem duvidar eu vo-lo pediria – tantas coisas já vos pedi, que mais uma... –, porém sei que a minha sorte está decidida. A única coisa que vos suplico agora é que me escuteis. Mais nada.

Quiçá vos pergunteis por que razão admito revelar meu segredo somente a vós. Mas ocorre que, embora ainda não o saibais, fostes a fonte dos descobrimentos que me foram revelados.

Depende de vós agora. Se considerais que estou cometendo sacrilégio por dizer o que jurei silenciar, detende agora mesmo a leitura, e que estes papéis acabem no fogo. Se porventura ainda mereço um pouco de crédito e haveis decidido prosseguir a leitura, peço-vos, em Nome do próprio Deus, que guardeis o segredo.

Antes de prosseguir a carta, Mateo Colombo hesitou por uns instantes. O tempo era curto. A missa devia estar no meio. Esfregou os olhos, remexeu-se na cadeira e, antes de continuar escrevendo, perguntou a si mesmo se não era uma loucura.

Aquele ia ser o começo da tragédia. Se soubesse que o que estava por revelar a Inês de Torremolinos acabaria resultando pior do que a morte e o silêncio, não teria escrito uma só palavra mais. Não obstante, voltou a mergulhar a pena no tinteiro.

Acabava de pôr o ponto final na carta quando viu que todos começavam a sair da capela.

Mateo Colombo arrancou o fólio do caderno e o dobrou de maneira tal que o verso ficasse voltado para fora. Primeiro saíram em silencioso tumulto os estudantes, que, do centro do pátio, distribuíam-se em pequenos grupos para as salas de aula. Por último saiu o *messere* Vittorio e, junto com ele, Alessandro de Legnano. *Messere* Vittorio deteve-se no átrio e, com uma inclinação de cabeça, despediu-se do reitor. Mateo Colombo, pela janela do seu claustro, pôde ver como o reitor permanecia parado junto ao *messere* e não se afastava dele. Viu que o reitor, reclinado sobre uma coluna, iniciava um de seus habituais interrogatórios. Não chegava a ouvir o que estavam falando, mas o anatomista conhecia bem os gestos inquisitoriais de Alessandro de Legnano – de mãos nos quadris e franzindo o cenho mais do que habitualmente. O anatomista já havia perdido toda esperança de entregar a carta ao *messere* quando, surpreendentemente, o reitor se afastou em direção ao seu claustro. *Messere* Vittorio aguardou um pouco mais e, quando se certificou de que não havia ninguém no pátio ou perambulando pela arcada, encaminhou-se diretamente e com passo rápido para a janela do claustro do anatomista. Mateo Colombo jogou então a carta pelas grades. *Messere* Vittorio empurrou-a com o pé até afastá-la o bastante, acocorou-se e guardou o papel entre o calcanhar e a sola da sandália. Nesse preciso momento, do fundo da arcada, surgiu Alessandro de Legnano.

– Parece que é hora de substituir o vosso calçado – disse o reitor e, antes de que *messere* Vittorio pudesse ensaiar uma resposta, acrescentou: – Espero-vos na oficina – e depois girou sobre o próprio eixo e perdeu-se fora da arcada.

Messere Vittorio bem que gostaria nesse instante de ver o reitor morto; desejo que, de certo modo, haveria de ver realizado.

O REITOR

I

A cabeça de Alessandro de Legnano jazia sobre a mesa de *messere* Vittorio olhando para o teto da oficina – olhando, por assim dizer, pois que na realidade os olhos eram duas esferas inertes. O mestre passou a palma da mão pela testa do reitor, que parecia decapitado, deteve-se na dobra do cenho, encostou ali o cinzel e descarregou uma marretada seca, surda, que levantou uma poeira que parecia óssea. O reitor apresentava a rigidez dos mortos mas sua expressão era a dos vivos. Estava, contudo, gelado. Muito mais frio do que um morto. Meio ano empregou o *messere* para concluir o busto de Alessandro de Legnano, que acabava de levantar-se da banqueta onde estava posando e caminhou até a escultura com a qual se homenageava. Contemplou-se e, nariz contra nariz, parecia estar diante de um espelho de mármore de Carrara. O mestre obtivera a exata expressão do seu cliente, e qualquer pessoa que se detivesse para ver o busto sentiria a mesma repugnância que se experimentava diante do próprio reitor. Foi exatamente o que ocorreu ao *messere* Vittorio nos últimos seis meses e, sem dúvida, não lhe faltavam desejos de enfiar o cinzel na testa do próprio Alessandro de Legnano, sobretudo depois de ouvir o seu veredicto:

– Já vi coisas piores – disse, enquanto se contemplava com paradoxal desdém e quase jogava na cara do *messere* os quinze ducados. – Que o levem esta tarde para o meu escritório – acrescentou, enquanto girava sobre os calcanhares e se retirava da oficina batendo a porta com força.

O busto que o *messere* Vittorio acabava de concluir era fiel ao modelo. O reitor tinha a perfeita expressão do idiota: as faces inflamadas, um severo prognatismo que dava baseamento ao rosto sobre uma espécie de varanda maxilar e umas pálpebras semifechadas que lhe conferiam um ar sonolento. O mestre florentino não usara de nenhuma benevolência; se os clientes eram do seu agrado, tinha a generosidade de embelezá-los um pouco, como fizera, por exemplo, com o perfil irremediável de um certo ilustre próximo aos Médici. Mas a escultura de Alessandro de Legnano era uma verdadeira opinião do *messere* a respeito de Alessandro de Legnano.

Ninguém em toda Pádua tinha qualquer simpatia pelo reitor. E ninguém, sem dúvida, lastimaria por vê-lo morto.

Como todas as manhãs, por volta do meio-dia, Alessandro de Legnano haverá de ir à *Piazza dei Frutti*. Atravessará a *Riviera di San Benedetto,* em sua passagem será cumprimentado por todos, não sem uma empolada grandiloqüência, e depois de virar em direção ao *Ponto Tadi* vão desejar-lhe, por trás, os piores augúrios. Com o mesmo anelo do *messere* Vittorio, a obesa vendedora de frutas – de quem, como todos os dias, o reitor haverá de comprar uns damascos – irá augurar-lhe um bom apetite e, para si, rogará que o freguês se engasgue com o caroço. E tal qual a vendedora de frutas, o alfaiate – em cuja loja haverá de se deter para encomendar um *lucco* de seda – desejará vê-lo enforcado na delicada estola que ele lhe encomendara na semana anterior e que provocou seu comentário, com um gesto de repulsa:

– Não a haveríeis cortado com os dentes?

Alessandro de Legnano sabia que todos o odiavam. O que só lhe provocava um imenso prazer.

O reitor fora discípulo de Jacob Sylvius, em Paris. Mas não possuía o talento do mestre para as artes médicas. A única coisa que Alessandro de Legnano herdara de Sylvius era a sua visceral tendência a suscitar o desprezo dos seus semelhantes. Todos os qualificativos aplicados ao anatomista francês – avaro, grosseiro, arrogante, vingativo, cínico e cobiçoso, entre outros – eram poucos para adjetivar o reitor da Universidade de Pádua, e ele mesmo, sem dúvida, não esperava para o seu epitáfio algo menos lapidar do que o que dedicaram ao seu mestre:

"Aqui jaz Sylvius, que jamais fez nada sem pagamento.

Agora que está morto, fica furioso de que leias isto de graça."

II

Naquela manhã o reitor estava de excelente humor. Parecia confortado. Tinha o aspecto espiritual de quem ganhou uma batalha. E, com efeito, assim fora exatamente. Deleitava-se antecipadamente com o ansiado lume da fogueira que com todo prazer acenderia, se dele dependesse, com as próprias mãos. Esperava ansiosamente que o dia que estava recém-começando acabasse de uma vez. Amanhã seria o início do processo que ele iniciara, não sem inumeráveis escolhos, ante os cardeais Caraffa e Alvarez de Toledo e, conseqüentemente, ante Paulo III em pessoa.

Alessandro de Legnano caminhava animado, como se de repente houvesse deixado de sofrer da gota que arrastava, fazia anos, como um empecilho pertinaz. Tanta era a sua euforia que sequer notou que da sandália de *messere* Vittorio sobressaía um pedaço de papel maldobrado. Talvez a solícita atitude do *messere* não tivesse outro fundamento senão a ignorância. Quiçá o escultor florentino não soubesse que, se descoberto, teria a mesma sorte que o seu amigo: segundo a Sagrada Legislação, quem falasse com hereges presos haveria de ser considerado também herege.

Mateo Colombo tornara-se a última obsessão do reitor. Ambos jamais haviam-se entendido. Alessandro de Legnano nutria para com Mateo Colombo um ódio proporcional à íntima admiração que lhe devotava. Sempre havia-se dirigido ao anatomista com desprezo e não perdia oportunidade para desqualificá-lo diante dos alunos, chamando-o *il barbieri*, como alusão à norma que excluía os cirurgiões do Real Colégio de Médicos e os obrigava a se filiarem à Corporação de Barbeiros, que os igualava aos padeiros, cervejeiros e notários públicos. Naturalmente, quando Mateo Colombo tornou-se uma eminência, o reitor não se furtou aos elogios e tomou posse das felicitações chegadas de toda parte quando o seu catedrático descobriu as leis da circulação sanguínea, tal como se o mérito devesse ser atribuído à inspiração que sua reitoria irradiava.

O anatomista e o reitor em nenhum momento demonstraram grande simpatia mútua. Ao contrário. Mantinham uma recíproca, embora não simétrica, inveja. Mateo Colombo era o anatomista mais respeitado da Europa; tinha prestígio, mas não poder. O reitor, como ninguém ignorava, nem mesmo os Doutores da Igreja, era dono de uma inteligência próxima à de uma mula, mas usufruía da influência do Vaticano e contava com as bênçãos do próprio Paulo III, em carne e osso. Era a autoridade e tinha uma boa influência junto a alguns inquisidores, para cuja tarefa havia contribuído com seu arrazoado no processo que entregou à fogueira mais de um colega herege.

O novo achado do anatomista superava todos os limites da tolerância. *O Amor Veneris* – a América de Mateo Colombo – ultrapassava o permissível para a ciência. A mera menção de um certo "prazer de Vênus" – por mais de um motivo – fervia-lhe o sangue.

A juízo do reitor, desde que Mateo Colombo fora nomeado regente da Cátedra de Cirurgia a Universidade havia-se transformado num bordel de onde entravam e saíam camponesas, entravam e saíam cortesãs, e chegou-se a dizer que até religiosas entravam à noite e saíam antes da madrugada. E todas elas, segundo os rumores, saíam dali com os olhos arregalados e um sorriso semelhante ao da Mona Lisa. Como se não bastasse, chegara aos seus ouvidos o rumor de que também passavam pelo claustro do anatomista as raparigas do prostíbulo situado no sobrado da *Taverna dil Mulo.* E esse rumor não era infundado.

III

Desde que a bula papal de Bonifácio VIII proibiu a dissecação de cadáveres, obter corpos era um trabalho perigoso. Mas havia em Pádua, naqueles tempos, uma espécie de mercado clandestino de mortos, cujo membro mais solvente era Juliano Batista, que pôs, de certa maneira, as coisas em ordem. Depois da passagem de Marco Antonio della Torre pela Cátedra de Anatomia da Universidade, seus discípulos não vacilavam em abrir sepulturas, saquear os necrotérios dos hospitais e até despendurar defuntos das forcas exemplares. O próprio Marco Antonio teve que refrear a turba de pequenos anatomistas para que não assassinassem passantes durante a noite. Tanto era o afã, que precisavam cuidar-se uns dos outros; tanta era a necrofilia, que o mais alto elogio a que uma mulher podia aspirar era:

– Que belo cadáver tendes – diziam antes de degolá-la.

O seu predecessor mais remoto, Mundini dei Luzzi, que duzentos e cinqüenta anos antes fizera a primera dissecação anatômica pública, de dois cadáveres, na Universidade de Bolonha, pelo menos tivera o infinito decoro de não abrir a cabeça, "morada da alma e da razão".

Juliano Batista tinha, por assim dizer, o patrimônio do mercado de cadáveres; comprava-os dos parentes mais ou menos indigentes, dos algozes e dos coveiros. Após deixá-los em condições apresentáveis, revendia para os universitários, catedráticos e necrófilos mais ou menos reputados.

Sabia, no entanto, que para Mateo Colombo não era preciso engalanar a mercadoria – engano, aliás, impossível com um anatomista –, de modo que poupava o trabalho de corar as faces, devolver o brilho aos olhos com terebintina e às unhas, com verniz de ultramar.

Se o anatomista precisasse, por exemplo, examinar um fígado, Juliano Batista extirpava o órgão, recheava o espaço vazio com uma estopa ou trapos, separava a mercadoria, fechava o cadáver costurando-o com um fio de seda e, finalmente, vendia-o para outro cliente. Se um corpo estivesse irrecuperável, Juliano Batista encontrava para tudo um destino; coisa alguma era jogada fora: os cabelos para a corporação dos barbeiros, e os dentes, para o grêmio dos ourives.

A dissecação de cadáveres era tão ilegal quanto corriqueira. A bula de Bonifácio VIII já não tinha, na prática, qualquer vigência. Contudo, o reitor a mantinha em atividade exclusivamente para Mateo Colombo. O anatomista bem sabia que Alessandro de Legnano fazia vista grossa para com todos, inclusive os estudantes, menos para com ele. De modo que devia agir com o maior dos cuidados.

Nos últimos tempos Mateo Colombo havia comprado cerca de dez cadáveres, todos pertencentes a mulheres. Confeccionava listas escrupulosas dos corpos dissecados, nas quais anotava: nome, idade, motivo da morte, descrição e até desenhos, não só dos órgãos examinados, mas também da expressão de cada um dos cadáveres.

Mas suas práticas eram mais inclinadas à carne viva do que à morta. Sobretudo a certa carne em particular, que, por outro lado, não era em absoluto freqüente no interior da Universidade, pois que era carne proibida. Interdição esta que o reitor se empenhava em fazer cumprir com mais escrúpulos do que sucesso. Pelos estatutos da Universidade, de fato, era taxativamente proibido o ingresso de mulheres. Contudo, por razões bem menos relacionadas com os assuntos da ciência do que com os ímpetos da carne, eram mais ou menos freqüentes as visitas furtivas de camponesas, vindas do *fics* lindante à abadia, que vez por outra ofereciam uma noite de júbilo aos doutores e alunos.

Uma das formas de entrar na Universidade – além de escalar os altos muros – era confundir-se entre os mortos que ingressavam na morgue uma vez por semana, no interior do carro público. Assim, ocultas sob um manto, as mulheres permaneciam quietas até ficarem sozinhas no subsolo da morgue, onde eram recolhidas pelos seus amantes.

Certa vez, impaciente talvez pela longa e forçada continência, um prestigioso doutor despiu uma das camponesas ali mesmo, na morgue, em companhia de todos os mortos, e bem no momento glorioso de uma sublime *fellatio* o pároco da Universidade, que momentos antes vira entrar o "cadáver" que agora gemia, gritava e se remexia, ingressou no lúgubre subsolo. O ilustre doutor levou um momento para notar a presença do deífico visitante, que, absorto, contemplava tanto as esmirradas pernas do catedrático quanto a sua não tão esmirrada vara palpitante esguichando sobre os bem-proporcionados restos da "defunta". Quando, depois do último estertor, viu o pároco de pé no vão da porta, só atinou a gritar, com um trejeito desorbitado:

– *Miracolo! Miracolo!* – e de imediato começou a perorar sobre a sua recente confirmação das teorias aristotélicas acerca do hálito que o sêmen transporta em seu caudal, o qual, segundo o metafísico, produz a vida. E por que não? Se o sêmen é capaz de insuflar ânimo vital na matéria e engendrar, como não haveria de ser possível, pela mesma razão, que ressuscitasse os mortos, argumentava ele enquanto ajeitava a vara – ainda um pouco dura – por baixo das roupas. E após concluir esse enlouquecido solilóquio perdeu-se do outro lado da porta, correndo escadas acima aos gritos de "*Miracolo! Miracolo!*".

O fato é que Mateo Colombo tinha suas boas razões para introduzir mulheres na Universidade. E, decerto, as mulheres que o visitavam secretamente também tinham as delas.

As mãos de Mateo Colombo sabiam tocar numa mulher, como as mãos de um músico sabem tocar seu instrumento. Os imprecisos limites entre a ciência e a arte faziam de suas mãos o instrumento mais sublime, mais elevado e mais difícil: a efêmera arte de dar prazer; disciplina que, como a da conversação, não deixa traços nem testemunhas.

IV

Era meio-dia quando *messere* Vittorio atravessou a porta da Universidade em direção à *piazza*. Sob aquele tépido sol de inverno, os artistas ambulantes, entre uma multidão de transeuntes ocasionais, ensaiavam torres humanas deliberadamente derrubadas. Mais adiante, em frente à praça, um grupo de homens austeros – comerciantes e senhores – fazia um círculo ao redor dos *banditori* que se revezavam para vociferar as proclamações do dia. Alguns passos mais além, postavam-se os que preferiam consultar os viajantes recém-chegados do outro lado do monte Veldo, que traziam notícias, verdadeiras ou não, ao menos mais interessantes.

Messere caminhava num passo veloz. Passou por perto dos três cepos em que eram exibidos os ladrões do dia e teve de abrir caminho entre a multidão de mulheres e meninas que pugnavam para cuspir nos réus. No outro extremo da *piazza*, o último mensageiro que ainda não havia partido acabava de fechar os alforjes e se dispunha a montar em seu cavalo.

Ainda agitado, *messere* Vittorio chegou a ouvir as notícias proclamadas pelos *banditori*. Não pôde evitar uma horrorosa coceira em seu próprio pescoço quando passou pelos cepos. Se o bom tempo permitisse, em menos de um mês a carta chegaria a Florença. Àquela altura, salvo que se desse um milagre, Mateo Colombo estaria morto.

Quis a fatalidade que o bom tempo se mantivesse.

O norte

I

O claustro de Mateo Colombo era um recinto perfeitamente cúbico de uns quatro passos de lado. A pequena vigia que se elevava acima da austera escrivaninha não tinha vidro. A rigor, as únicas janelas que possuíam vidro eram as da reitoria e do salão magno. Embora o vidro fosse extremamente prático – sobretudo durante o inverno –, constituía um detalhe de péssimo gosto em comparação com as refinadas sedas venezianas que guarneciam as aberturas. Precisamente por isso, era muito fácil reconhecer as casas dos novos-ricos de Pádua; todas elas tinham as janelas protegidas por vidros pintados. O fato é que a pequena janela do claustro de Mateo Colombo era desprovida, também, de qualquer peça de seda; toda a sua proteção era um pano ordinário que detinha o vento à custa de não deixar entrar um mínimo de luz e, pelo contrário, se o anatomista precisasse de iluminação, teria, também, que suportar o vento, o frio e, se além do mais chovesse, a água. O cômodo – ao qual se acedia pela arcada que circundava o pátio – estava dividido ao meio por uma estante que se erguia até as penumbrosas alturas do teto. A metade posterior do claustro era o dormitório: uma cama de madeira – evidentemente sem capitel – e, ao lado dela, uma pequena mesa-de-cabeceira e um castiçal. Na metade anterior, diante da biblioteca e contra a parede adjacente à arcada, ficava a pequena escrivaninha. Quem entrasse pela arcada iria ver, então, uma escrivaninha ladeada por uma estante em cujas prateleiras repousava uma infinidade de ferozes e estranhos animais dissecados que, decerto, poderiam dissuadir um ladrão desprevenido de avançar além da porta.

Em sua prisão dentro do claustro, Mateo Colombo passava a maior parte do tempo olhando através das grades da janela. Ali estava, com o olhar perdido num ponto impreciso situado sabe-se lá onde, quando viu que *messere* Vittorio acabava de entrar pela porta principal. Com um levíssimo gesto, o escultor deu a entender ao amigo que já cumprira a perigosa intermediação. Respirou aliviado; na realidade, estava menos preocupado com a sua sorte – que já estava decidida – do que com a do *messere.*

O anatomista não esperava para si a clemência obtida por seu mestre, Vesalio, quando fora enviado aos tribunais do Santo Ofício. Numa ocasião, André Vesalio confessou a Mateo Colombo um vergonhoso e triste acontecimento que esteve a ponto de levá-lo à fogueira: certa vez, solicitara permissão para dissecar um jovem nobre espanhol que havia morrido durante a consulta. Quando obteve a autorização dos pais do defunto, abriu-lhe o peito e, para seu estupor e desespero, constatou que o coração ainda pulsava. Informados do acontecido, os pais do jovem acusaram Vesalio de assassinato, ao mesmo tempo em que lhe iniciaram um processo junto ao Santo Ofício. A Inquisição condenou-o à morte; não obstante, pouco antes de que a lenha começasse a arder, o próprio rei interveio, decidindo comutar a pena, e, em troca, dispôs que o anatomista fizesse uma peregrinação à Terra Santa para lavar o seu crime.

Mateo Colombo sabia que o seu "crime" era infinitamente mais grave, já que consistiu em desvelar aquilo que devia manter-se para sempre ignorado. De maneira que não guardava nenhuma esperança, nem sequer retratando-se do descobrimento, como fizera outro egresso dos claustros da Universidade de Pádua, Galileu Galilei. O descobrimento de Galileu era "intangível" demais na prática. Em contrapartida, a sua "América" estava ao alcance de qualquer um.

– O que seria da humanidade se as forças do demônio se apoderassem do vosso descobrimento? – dissera o reitor quando, ao tomar conhecimento dele, impusera-lhe o voto de segredo, sugerindo de passagem que seu descobridor, sem sombra de dúvida, era um dos que engrossavam as cada vez mais numerosas hostes demoníacas. – A que desgraças não se veria submetida a humanidade se o Mal se assenhorasse da vontade do rebanho feminino? – concluíra o reitor, dando a entender que seu propósito não era outro senão, em nome do "Bem", apoderar-se da vontade do rebanho feminino.

De modo que Mateo Colombo não podia esperar um destino diferente da fogueira.

Contudo, era outro o motivo da aflição que lhe oprimia a garganta; não a certeza da morte próxima, nem o cativeiro, nem a imposição do silêncio. Não era a lembrança de Inês de Torremolinos nem a incerteza do destino da carta que acabara de escrever. Não tinha seu fundamento na quebra do voto de silêncio nem na revelação do segredo que havia jurado calar. O que o atormentava não era, sequer, a tristeza por não poder tornar público o seu descobrimento, e sim o fato de que o inocente intuito que o conduzira ao seu achado havia fracassado.

O norte que conduzira Mateo Colombo ao seu descobrimento não era uma premissa teológica – tal como a havia apresentado –, nem uma ambição de saber filosófico – como a havia fundamentado –, nem sequer o desejo de revolucionar a anatomia – como, apesar de si mesmo, havia conseguido. Não caminhava decidido para a fogueira em nome da Verdade, como fizera o seu colega Miguel de Servet.

A origem da descoberta era um amor fracassado. O anatomista não ansiava a compreensão das leis gerais que governam o obscuro proceder feminino, mas, simplesmente, um lugar no coração de uma mulher.

O norte que havia conduzido Mateo Colombo à sua "doce terra encontrada" tinha, certamente, um nome: Mona Sofia.

A PUTTANA

I

Mona Sofia nasceu na ilha de Córsega. Ainda não havia completado dois meses quando foi roubada de sua mãe, numa manhã de verão em que a mulher levara consigo a menina para lavar roupa num arroio que desaguava no mar. Certamente, a ilha de Córsega constituía, na época, o lugar menos feliz para que uma mulher desse à luz uma menina bonita. Desde que Marco Antônio, primeiro, e mais tarde Pompeu desalojaram os piratas da sua "República" na Cilícia, após uma longa diáspora pelos mares da Europa e da Ásia Menor, os "cilicianos", com paciente e brutal obstinação, voltaram a fundar a sua Pátria, dessa vez nas ilhas de Córsega e Sardenha. Diz-se que, em razão de sua precoce e promissora beleza, os piratas de Gorgar o Negro embarcaram a menina a bordo de um bergantim junto com um grupo de escravos mongóis e a venderam a um traficante na Grécia. A pequena conseguiu sobreviver à viagem graças aos cuidados de uma jovem escrava a quem haviam separado do filho e ainda conservava um pouco de leite. Sua estada na Grécia foi muito breve; um comerciante veneziano comprou-a por uns poucos ducados e voltou a embarcá-la, dessa vez com destino a Veneza: naturalmente, já tinha um comprador na sua terra.

II

Donna Sidonna pagou vinte florins pela menina, com a convicção de que era uma excelente compra. A primeira coisa que fez quando a viu, encardida de tanta sujeira, foi lavá-la com uma loção de água de rosas e uma infusão morna de ervas aromáticas, e mesmo assim não foi nada fácil tirar-lhe o fedor de marinheiro. Esfregou suas gengivas com uma mistura de vinho, água e mel, raspou-lhe a cabeça, cujas longas mechas estavam duras como arame, e, por fim, deixou-a sobre um cobertor de pêlo de cabra perto do fogo. Quando a viu profundamente adormecida, fixou ao redor do seu pulso a pulseira de ouro e marfim que distinguia todas as raparigas da casa. E vendo que a pequena estava muito magra e evidentemente anêmica – no barco fora alimentada pelo pobre peito de uma escrava que mal podia com os seus pobres ossos –, designou Oliva para ser sua ama-de-leite. Oliva era uma jovem escrava egípcia. Tinha um leite bom e nutritivo. Chamaram-na de Oliva porque tinha a pele da cor de uma azeitona e a estatura de uma oliveira. Era uma mulher esguia, precedida por umas majestosas mamas cujos bicos tinham o diâmetro de um florim de ouro. Oliva reunia todas as condições da perfeita ama-de-leite: era morena – todos sabem que as mulheres louras dão um leite amargo e aquoso e que as negras são boas para alimentar bestas selvagens, não crianças brancas. Após uma semana já se notavam os progressos; a pequena exibia umas dobrinhas bem saudáveis e arrotava com a força de um adulto. Suas fezes – meticulosamente examinadas pela própria Donna Sidonna – mostravam-se sólidas e de uma cor que revelava o perfeito funcionamento das tripas.

Quando fez o primeiro mês – contando a partir da sua chegada à casa –, Donna Sidonna enrolou-a num vestido de infinitas rendas, perfumou-a com água de jasmins e mandou chamar o cônego para dar-lhe o primeiro sacramento, porque – obviamente – uma boa puta devia ser cristã. Como acontecera tantas vezes, Donna Sidonna negociou com o vigário o preço dos serviços e chegaram a um acordo: ele exigia o favor de uma das raparigas durante um mês, todos os dias e "*per tutti le orifici*". Donna Sidonna oferecia o serviço só pelo período de uma semana e não incluía nenhum outro favor além da convencional *francescana*. Finalmente acordaram que o cônego usaria os serviços de uma rapariga durante quinze dias e "*per tutti le orifici*". Naquele dia a pequena foi batizada e Donna Sidonna deu-lhe o nome de Ninna.

Ninna convivia com oito garotinhas da sua mesma condição, mas desde muito cedo começou a diferenciar-se das outras meninas da casa; nenhuma chorava com aquela força nem comia com tamanho apetite – tanto era assim que os mamilos de Oliva ficavam roxos depois de cada refeição. E, ao contrário das outras, Ninna resistia obstinadamente à faixa em que Donna Sidonna a embrulhava todas as noites para evitar monstruosas deformações. Os gritos com que a menina manifestava seu descontentamento eram tão fortes que, por puro contágio, as outras lhe faziam coro, tal como as mulheres contratadas nos velórios não deixam de imitar o pranto da viúva. Aquele foi o primeiro e inocente sinal de uma perigosa rebeldia. Uma boa puta, da mesma maneira que uma boa esposa, devia ser submissa, obediente e agradecida.

À medida que a menina ia crescendo em idade, altura e beleza, na mesma proporção desenvolvia-se em seu espírito um caráter vulcânico; seus olhos verdes e rasgados povoaram-se com umas pestanas pretas, longas e arqueadas, mas também com uma malícia inteligente, sarcástica, que inspirava a mesma fascinação, o mesmo medo que o olhar da serpente infunde em suas vítimas. Nas almas supersticiosas ela despertava terrores e negros augúrios. Nos espíritos religiosos, satânicos temores, porque, sabia-se, a inteligência numa mulher bonita era sinal indubitável de influência do demônio.

Pouco antes de completar o primeiro ano, Ninna começou a balbuciar as primeiras palavras, que, para surpresa de todos, não foram as mesmas que as outras vocalizavam em tatibitate. Assim, quando as pequenas pupilas começaram a chamar suas amas-de-leite pelo nome e, em sinal de precoce gratidão, referiam-se a Donna Sidonna como *mamma,* Ninna ignorava sistematicamente a presença da sua benfeitora e nem sequer se dignava a olhar para ela. De nada serviam os esforços das babás, que a levantavam no colo diante da sua *mamma* instando que lhe dirigisse, ao menos, um sorriso. Nada disso; tudo o que conseguiam era que a menina soltasse um saudável arroto nas ventas da protetora. Donna Sidonna consolava-se pensando que Ninna era pequena demais para compreender que aquele era o melhor destino a que uma mulher podia aspirar. As meninas ainda não podiam se dar conta da fortuna que ela estava investindo em cada uma delas; ao fim e ao cabo, Donna Sidonna somente aliviava os pais do infortúnio que significava trazer uma mulher ao mundo. Por mais que os genitores da pequena Ninna tenham sofrido com o roubo da filha, era melhor que padecessem tudo de uma vez só e não durante o resto das suas vidas. De fato, os pais deveriam ficar agradecidos a ela. Quem, em seu perfeito juízo, poderia estar feliz em ter uma filha? Apenas despesas enquanto solteira e, se tivessem a sorte de conseguir-lhe um marido, ainda restaria o desembolso do dote. Se todos seguissem o seu critério – pensava Donna Sidonna –, os usureiros do Banco de Dotes não iriam lucrar com os pobres e desesperados pais de mulheres casadouras. E assim lhe agradecia a pequena: com mal-intencionados ares regurgitados e, mesmo, com sonoros desaires daqueles que saem pela via contrária.

Certa manhã, quando Donna Sidonna foi observar o sono da sua ingrata *filia*, encontrou-a de pé no berço, de olhos fixos nela; para seu estupor, Ninna recebeu-a com um cumprimento:

– *Puttana...* – disse com uma pronúncia perfeita, e acrescentou – me dá dez ducados.

Aquelas foram as cinco primeiras palavras de Ninna. Donna Sidonna fez o sinal da cruz. Se pudesse, sairia correndo do quarto. Mas o medo era tão grande que ela só conseguiu dar um berro. Donna Sidonna decidiu que aquelas cinco palavras eram um sinal indubitável de que a pequena estava possuída pelo demônio. De modo que optou pelo caminho mais expeditivo.

Antes de brotarem mamilos em seu peito, antes de ganharem a dureza das amêndoas e o diâmetro e a textura de uma pétala, Ninna foi revendida a um traficante por dez ducados, a metade do que sua benfeitora havia pagado. Em certa manhã de verão foi leiloada em praça pública junto com um grupo de escravos mouros e jovens putas, oferecida a peso e finalmente vendida para a *madonna* Creta, uma alma filantrópica que, entre outras coisas, era dona de um bordel em Veneza.

III

Ninna – cujo nome estava gravado na pulseira – foi rebatizada com o nome mais elegante de *Ninna Sofia.* Era a rapariga mais jovem do bordel. Sua nova *mamma* era agora a *madonna* Creta, uma próspera e já aposentada cortesã. De *madonna* Creta ela não podia esperar a doçura nem a dedicação que a sua antiga benfeitora lhe prodigava. E muito menos podia esperar paciência. Na primeira vez que pôs a menina no colo, examinou-a como se fosse um pé de alface. Felicitou-se por sua nova aquisição e disse a si mesma que em poucos anos – dois ou três – seu pequeno investimento começaria a dar frutos. Três coisas sobravam em Veneza: nobres, padres e pederastas – e, é claro, todas as combinações possíveis desses três elementos. Sim, era um bom negócio, pensou. Já imaginava a cara do *messere* Girolamo de Benedetto ao ver aquelas jovens e ainda imaculadas carnes; quanto não pagaria por acariciar com seus dedos decrépitos aquela vulva arrepolhada; o que não daria para esfregar sua vara murcha nas coxas roliças da jovem pupila. *Madonna* Creta já podia contar os ducados de ouro com antecedência. Mas não haveria de ser tão fácil.

Ninna Sofia examinou a nova alcova que iria dividir com cinco raparigas já adultas. Aquilo era pior que um estábulo e, de fato, cheirava a curral. Era um cubo sem uma única janela. Ao pé de cada uma das paredes viam-se umas camas de madeira que, à guisa de colchões, exibiam uns sacos de palha em cujas bordas estavam sentadas as suas novas companheiras. Eram todas escravas compradas por uns poucos ducados. Uma delas não apresentava um único dente, outra tinha o aspecto que a sífilis oferece quando se encontra em estado muito avançado, e as outras duas permaneciam com o olhar perdido em pontos imprecisos que pareciam estar situados do outro lado da parede do quarto. As quatro tinham um olhar de resignada derrota, impregnado daquela tristeza que se perpetua até o último dia, o qual, por certo, nunca estava muito distante. O escasso ar que se respirava lá dentro era quente e sufocante. Ninna Sofia explicitou seu desagrado por meio de um alarido seguido de um choro estridente. Quando a porta se abriu, Ninna, que esperava a diligente chegada de sua ama-de-leite Oliva, só teve tempo de ver a crescente figura de *madonna* Creta aproximar-se dela. Depois das três primeiras bofetadas em suas bochechas, compreendeu que se parasse de chorar talvez os golpes também cessassem. E assim aconteceu. Então, a pequena Ninna jurou nunca mais chorar em sua vida. E assim fez.

Seu espírito tornou-se cada vez mais ingovernável, mais áspero e perigoso. Ninna Sofia era uma flor venenosa.

De nada serviam os castigos que, amorosamente e em seu benefício, por certo, *madonna* Creta lhe propinava. De nada serviam as chibatadas exemplares que marcavam as suas costas, nem as penitências noturnas de joelhos sobre o milho, nem as promessas de círculos infernais. Ninna Sofia olhava para a tutora com seus olhos verdes repletos de longas e arqueadas pestanas e repletos, cada vez mais, de uma malícia e de uma inteligência infinitas; com aqueles olhos de lágrimas ausentes e um sorriso giocondesco, olhava para ela e sussurrava:

– Já terminastes, *madonna* Creta?

Madonna Creta determinou que, se a pequena era suficientemente adulta para fazer ouvidos moucos às suas lições, também deveria sê-lo para ganhar a própria comida. De modo que, antes do previsto, foi à casa do *messere* Girolamo di Benedetto informar-lhe de sua nova pupila.

Messere Girolamo era um dos mais prósperos fabricantes de seda de Veneza e havia sido *prior* da corporação até o ano anterior. Como já era um homem velho, decidira retirar-se da vida pública e dedicar-se por completo ao ócio, começando desse modo a usufruir dos poucos anos que lhe restavam. A rigor, nunca havia-se dedicado a coisa diferente da folgança, só que agora, em vez de jogar baralho com os colegas em seu gabinete na corporação, fazia-o em seu acolhedor palácio. *Messere* Girolamo di Benedetto tinha dois fracos: o jogo e as crianças. Naturalmente, jamais toleraria que o chamassem de pederasta. Afinal, o que havia de mau em amar as crianças e ajudá-las um pouco financeiramente, sobretudo quando os pais da criatura em questão eram pobres?

O preço que *madonna* Creta exigia pareceu-lhe alto demais, mas não opôs nenhuma objeção; o que não lhe faltava era dinheiro, e nem mesmo se quisesse conseguiria gastá-lo todo nos anos de vida que lhe restavam. E muito embora ainda conservasse o costume de pechinchar, em questões tão delicadas preferia não medir gastos. Só pediu a *madonna* Creta uma descrição detalhada da menina. *Messere* Girolamo di Benedetto ouvia com o olhar perdido e parecendo antecipar o deleite. Houvesse sabido o que a pequena Ninna iria deparar-lhe, *messere* teria preferido morrer naquele mesmo dia.

IV

Tal como concertara com *madonna* Creta, *messere* Girolamo chegou ao bordel na hora marcada. Com a antecedência justa para dispor do tempo que demanda entrar no bordel sem ser visto por ninguém. Esperou que passassem alguns transeuntes e teve que se deter na porta de uma loja até que duas mulheres terminassem de uma vez o colóquio iniciado a poucos passos da entrada do puteiro. Quando as mulheres se despediram, esperou que se distanciassem o suficiente, ajeitou o chapéu de modo a que a aba lhe cobrisse o rosto e, finalmente, com passo ligeiro, chegou ao pequeno átrio da casa.

Com um gesto involuntariamente depreciativo, *messere* Girolamo di Benedetto recusou o copo de vinho oferecido por *madonna* Creta. Queria ir aos fatos o quanto antes. Seu decrépito coração batia agora com uma súbita força juvenil. Oportunidades assim não se apresentavam todos os dias. Seu amor pelas crianças lhe dera mais de uma dor de cabeça; em duas ocasiões foi acusado publicamente de abuso de infantes e, apesar de ter, felizmente, dissuadido os denunciantes, mediante suculentas "atenções", de avançarem até os tribunais, muito se falava em Veneza sobre os gostos de *messere* Girolamo. Mas *madonna* Creta era uma garantia de silêncio. Seu negócio era, precisamente, a discrição. Por esse mesmo motivo, ele quase não sentiu pena quando terminou de pagar-lhe os vinte ducados que haviam estabelecido.

Madonna Creta conduziu-o até a alcova preparada para a ocasião. De pé no vão da porta, a anfitriã convidou *messere* Girolamo di Benedetto a entrar e, antes de deixá-lo a sós com a pequena, disse amavelmente:

– Desfrutai, mas cuidai-vos de machucá-la.

Quando *messere* Girolamo di Benedetto viu a pequena Ninna, seus olhos se iluminaram. Era um verdadeiro sonho contemplá-la deitada sobre o ventre e completamente nua. A primeira coisa que *messere* fez foi dar-lhe umas palmadinhas leves nas nádegas e passar os dedos decrépitos e sarmentosos nas suas coxas roliças. Deixou cair um fio de saliva espessa naquelas costas pequenas e a espalhou com a palma da mão. Ninna não mostrava nenhuma resistência e até sorriu ternamente quando o ancião, completamente extasiado, sentou-a no colo. Fazia muitos anos que a vara de *messere* Girolamo di Benedetto não se erguia e, assim que notou aquele tão ansiado acontecimento, concluiu que a pequena Ninna era um verdadeiro milagre. É verdade que não se tratava de uma daquelas ereções que podia exibir com orgulho durante a juventude, mas aquilo, naturalmente, era melhor do que nada. Pegou a pequena pelos sovacos, levantou-a no ar e pousou as diminutas nádegas de Ninna sobre a sua vara, que formava um modesto promontório no *lucco* de lã que ainda estava vestindo. Fazia muito tempo que não se excitava tanto. Ninna, quando descobriu a protuberância sobre a qual estava sentada, esfregou-se como um gato, coisa que inflamou ainda mais o ancião, que, impaciente, dobrou o *lucco* para cima da barriga e, segurando a vara entre as mãos, exibiu-a para os olhos da menina. Ninna examinou aquela coisa roxa que o velho esgrimia e imediatamente estendeu a mão naquela direção. Tão pequena era a mão da menina que nem sequer conseguiu abarcar a metade do diâmetro da glande.

– Você não vai dar um beijinho no meu amigo? – perguntou o ancião, e Ninna, ao que parece, achou engraçado como o "seu" cliente havia chamado aquela coisa, pois este a viu esboçando um sorriso que o velho achou francamente lascivo. Era a palavra certa: "lascívia"; jamais vira tal disposição luxuriosa numa menina. E, a rigor, se um intruso houvesse presenciado a cena, certamente pensaria que a pequena Ninna estava praticando a "corrupção de anciãos". Tal como *messere* Girolamo di Benedetto havia pedido, ela aproximou sua boca do membro do cliente – que, agora sim, estava duro e completamente ereto, mais do que jamais havia estado, mais até do que chegara a estar nos dias de juventude – e beijou-o com os lábios, como a sua ama-de-leite Oliva lhe ensinara a beijar as faces de Donna Sidonna, ato ao qual, por outro lado, sempre havia-se negado. Como faria uma mulher adulta, Ninna fechou os olhos e passou os lábios ao redor da glande. O velho estava com os olhos revirados e tremia como uma folha. Como se, em vez de ter sido criada com leite do peito, sempre houvesse se alimentado com leite de vara – ninguém lhe havia ensinado a arte da *fellatio* –, Ninna abriu os lábios o quanto lhe permitiram as comissuras e abocanhou a glande inteira. O velho não podia acreditar no que estava vendo.

– Pequena puta – sussurrava –, pequena filha de sete castas de putas.

E quanto mais ele falava, com a pequena fitando-lhe os olhos com os seus, verdes e repletos de longos cílios, mais dentro da boca ela o metia. Então Ninna sentiu uma convulsão no tronco daquilo que estava abocanhando. Naquele preciso momento, mordeu com toda a força da sua mandíbula, enfiou os dentes até as gengivas e deixou-se cair da cama ao chão. Ficou alguns instantes suspensa no ar, pendurada pela boca na vara do ancião, até que finalmente chegou ao solo. *Messere* Girolamo di Benedetto nada entendeu, até que viu uma cascata de sangue jorrando do tronco da vara. Só então percebeu, como se se tratasse de uma alucinação, que a glande já não estava lá. A pequena olhou para o velho com um sorriso angelical, a mastigar o pedaço de carne, e seus olhos descreveram uma parábola ao vê-lo cair de costas no chão. As pernas – tesas como as cordas de um alaúde – formaram um V por cima da cama, coisa que Ninna achou extremamente engraçada.

Quando transcorreu o tempo estabelecido, *madonna* Creta entreabriu a porta e, ainda do outro lado, murmurou:

– O tempo acabou, *messere*; espero que não tenhais machucado a pequena.

Madonna Creta tropeçou com o cadáver do cliente e, antes de conseguir agarrar-se em alguma coisa, escorregou no sangue que cobria o chão da alcova e caiu junto ao morto. Ninna, sentada num ângulo do aposento, ainda mastigava o seu quitute e mostrava-se feliz com o trabalho precoce. Sorriu para *madonna* Creta, como a dizer: "Está satisfeita, é assim que devo ganhar a comida?".

Naquele mesmo dia, Ninna Sofia encontrou o seu caminho.

O FAZEDOR

I

Tomada de pânico, *madonna* Creta embrulhou o cadáver de *messere* Girolamo di Benedetto num lençol, pôs a menina debaixo do braço e subiu a bordo de uma pequena gôndola. Após pagar em moeda o silêncio do absorto *gondoliere*, lançou pela borda o finado *castrato* e a menina no lugar menos transitado do *Canale Grande.*

Como se o seu destino estivesse escrito, o exausto corpinho de Ninna Sofia foi parar na *Riviera di San Benedetto*, exatamente à beira do cais que levava às escadarias do átrio da *Scuola* que, trinta anos antes, Mássimo Troglio fundara.

Mássimo Troglio era o *fattore dei putanne* mais prestigiado de toda a Europa. É verdade que comprava, vendia e também roubava como qualquer traficante. Mas aquilo era apenas o começo de uma longa e laboriosa tarefa, o primeiro elo de um custosíssimo e proporcionalmente rentável ofício. Mássimo Troglio era, eminentemente, um pedagogo, mistura do pior pederasta e do mais sublime mestre.

Il Fattore – como alguns o chamavam – era o fundador da mais prestigiosa *Scuola di Puttane*; pai, por assim dizer, da raça de putas mais sublimes de Veneza, da própria Lena Grifa e de todas as putas que adornaram a corte dos Médici, das putas que cativaram os corações de monarcas e arcebispos, de todas as putas em cuja honra se levantaram os palácios mais faustosos de Veneza.

Nem mesmo uma imperatriz recebia educação igual à da menos ilustrada das putas de Mássimo Troglio. As mais jovens, como a pequena Ninna Sofia, eram objeto dos mais delicados cuidados. As *madonnas* – putas mais velhas – exerciam a tutela das de idade mais tenra. Encarregavam-se de banhá-las com leite de loba, pois que a água era proibida desde as grandes pestes, e, como predicava Mássimo Troglio, o leite de loba estimulava o crescimento e evitava a decrepitude; esfregavam-lhes saliva de égua na pele para impedir que as carnes crescessem flácidas; e, um dia por semana, faziam-nas dormir no chiqueiro com os porcos para que aprendessem a suportar os fedores mais repugnantes e as companhias mais ingratas.

Mássimo Troglio foi autor de *Scuola di Puttane*[1], uma sucessão de 715 aforismos divididos em sete livros – inspirado, sem dúvida, nos *Aforismos* de Hipócrates.[2] Entre outras coisas, sustentava que as putas melhores e mais leais eram as meninas nascidas de:

1. Marceneiro e ordenhadora; 2. Caçador e mulher mongólica, preferentemente chinesa; 3. Marinheiro e bordadeira.

Afirmava também que "uma mulher pode conceber um filho de até sete homens, cujos sucos semi-

---

1. *Scuola di Puttane*, Veneza, 1539.

2. A estrutura de *Scuola di Puttane* é idêntica à dos aforismos de Hipócrates. Assim como estes, apresenta a mesma quantidade de aforismos por cada livro. O estilo, por outro lado, é notável e deliberadamente semelhante.

nais se unem no útero e combinam-se entre si segundo a força seminal de cada um dos pais".

"A arte do Fazedor de Putas é a arte mais sublime; mais que a do perfumista, mais que a do próprio alquimista; como estes, unimos as essências mais nobres com as mais vis, as mais antagônicas e as mais simpáticas."

Mássimo Troglio mostrava-se particularmente interessado na pequena que o céu lhe ofertara. Para que não restasse qualquer dúvida de que era uma das suas pupilas, tirou-lhe a pulseira e mandou fazer uma outra – de ouro com rubis –, onde constava o seu novo e definitivo nome: Mona Sofia. Poucas vezes vira uma garota de caráter semelhante, tanta e tão precoce inteligência e, sobretudo, dotada daquela singular e extraordinária beleza. Mona Sofia era a síntese de todas as putas num corpo de menina, uma espécie de extrato de puta em estado puro. Contudo, não estava isenta dos dois grandes e, certamente, misteriosos problemas que um mestre de putas deve enfrentar: o amor e o prazer. Mássimo Troglio jamais tinha visto um ódio tão incomensurável como o que a menina lhe dedicava, não porque lhe preocupasse ser objeto daquele sentimento mas porque, como a experiência lhe ensinara – e assim testemunha o aforismo IX –, "quanto mais propensa a odiar for uma mulher, mais propensa a amar". A segunda preocupação não era, intrinsecamente, a ausência de qualquer manifestação de dor, mas a suspeita de que, por trás daquela máscara de insensibilidade, quanto mais intensa fosse a dor para Mona Sofia, mais intenso seria o prazer que esta lhe provocava. E, assim, os primeiros ciclos de formação de uma puta não tinham outro objetivo imediato senão a interdição do amor e do prazer. O investimento era demasiado grande e paciente para um belo dia ver a ingrata – como havia acontecido mais de uma vez – partir apaixonada por algum homem. Entre outros aforismos, Mássimo Troglio escreveu:

* *Corromper é mais difícil do que educar.*

* *É mais fácil substituir um sistema moral por outro do que despojar alguém de sua moral.*

* *A educação baseada na moral favorece a formação de putas.*

* *Tanto quanto o filósofo, o mestre de putas deve ser o veículo da moral.*

* *É mais conveniente para o monarca a existência das putas por dinheiro do que a existência das putas por prazer.*

Mássimo Troglio fundamentava toda a sua teoria nos cânones helênicos. Os apotegmas que guiavam a sua pena e, conseqüentemente, a sua prática eram – como não podiam deixar de ser – os da *Metafísica* de Aristóteles. Aristotélica era a sua concepção da mulher e do homem, e aristotélico, evidentemente, o seu juízo sobre a procriação; hauria também na fonte aristotélica para explicar de que maneira "o homem há de servir-se, por causa natural, do proveito da mulher". No capítulo "Da monstruosa condição feminina", dizia: "Como ensinou o mestre Aristóteles, o esperma do homem é a essência, a potencialidade essencial que transmite a virtualidade formal do futuro ser. O homem traz em seu sêmen o hálito, a forma, a identidade, ou seja, a kinesis que faz da coisa matéria viva. O homem, enfim, é quem dá alma à coisa. O sêmen tem o movimento que seu progenitor lhe imprime, é a execução de uma idéia que corresponde à forma do próprio genitor, sem que isto implique transmissão de matéria por parte do homem. Em condições ideais, o futuro ser tenderá à identidade completa com o pai. A mulher proporciona o sustento material no seu sangue, a corporeidade, a carne que envelhece, corrompe e morre. A essência da alma é sempre masculina. Como o Mestre ensinou, a procriação de meninas é, em todos os casos, produto da fraqueza do progenitor em razão de doença, velhice ou precocidade.

"A mulher sempre fornece a matéria e o homem, o princípio criador: para nós esta é, com efeito, a função própria de cada um deles, e isto é ser fêmea e ser macho. É necessário, também, que a fêmea ofereça um corpo, uma determinada quantidade de matéria, ao passo que isto não é necessário para o macho: não é necessário que os instrumentos existam nos produtos que são fabricados, nem que neles exista o agente que os faz."

Essas afirmações de Mássimo Troglio não constituem apenas uma noção da concepção, mas também – e sempre sob a tutela intelectual de Aristóteles – da própria genealogia do ser vivo: "o sêmen é um *organon* que possui movimento em ato".[3] "O sêmen não é uma parte do feto em formação; assim como nenhuma partícula de substância passa do marceneiro para o objeto que ele elabora e vai unir-se à madeira, nenhuma partícula de sêmen pode tampouco intervir na com-

3. Aristótoles, VII, 9, 1034b.

posição do embrião." E exemplifica: "A música não é o instrumento, nem o instrumento é a música. No entanto, a música é idêntica à idéia prévia do autor."

Pode-se deduzir o cerne da teoria de Mássimo Troglio: a propriedade, a potestade paterna, o direito à posse da descendência pelo autor, isto é, o pai. Assim como está claro que o propósito de Aristóteles não era outro senão a reafirmação do Direito grego.

A mulher, diz a teoria, fica como um simples resto, cuja essência é aquele sangue que vaza uma vez por mês: uma massa de líquido cru, impuro, não-elaborado, inerte e amorfo, mas, evidentemente, tocado pelo hálito, a *kinesis*, do seu fraco progenitor.

De modo que esta última revelação aristotélica é o que lhe proporciona o método, o modo de produção e apropriação de mulheres.

Mona Sofia era a mais bela e a mais prematuramente desenvolvida das discípulas de Mássimo Troglio. Demonstrava, além disso, uma precoce disposição para o ofício. Tinha uma sensualidade infreqüente para uma menina da sua idade. Quando Mona fez seis anos, Mássimo Troglio determinou que a pequena já podia iniciar a segunda etapa da sua formação.

Na *Scuola di Puttane* as pupilas recebiam educação religiosa desde muito cedo, ensinavam-lhes mitologia antiga e aprendiam, naturalmente, a ler e escrever, não só em italiano, mas também em grego e latim. A *Scuola* era, eminentemente, uma instituição renascentista, tão prestigiosa como qualquer uma das numerosas escolas de pintura da Itália. De fato, a *Scuola* recebia um subsídio da Prefeitura e cada uma das pupilas tinha o estatuto de funcionária pública.

Mona era fascinada pelas histórias que Filipa, sua preceptora, lhe contava. Toda vez que ouvia como a baleia engolira Jonas inteiro, ela arregalava desmesuradamente os olhos e obrigava Filipa a omitir as partes supérfluas do relato e a dizer de uma vez qual tinha sido a sorte do herói.

Tudo ia muito bem até que Filipa começava a fazer-lhe acusações. Mona negava qualquer participação na crucificação de Nosso Senhor Jesus Cristo e lhe parecia intolerável a imputação de que Ele houvesse morrido por sua causa. Afinal, quem era ela?, que importância podia ter a sua insignificante existência na sorte de, nada menos, o Salvador?

Também declarou-se isenta de toda culpa e cumplicidade nos pecados de Eva, a quem, por outro lado, declarou jamais ter visto. Não obstante, e a contragosto, terminava por assentir, inclinando a cabeça sem muita convicção, porque era capaz de tolerar qualquer coisa menos os agudíssimos gritos de Filipa, que lhe destroçavam os tímpanos.

II

Mássimo Troglio – por seu mérito, ou, talvez, à sua revelia – fez de Mona Sofia sua obra mais sublime. Dez anos de educação e cuidados haviam dado seu fruto: ela era a mulher mais bela de Veneza. O Fazedor soube ser paciente; quando sua pupila completou treze anos, anunciou-lhe que havia chegado a hora da iniciação. Mona foi apresentada à sociedade na *festa di graduazione* que, todo ano, Mássimo Troglio dava em seu palácio. Tratava-se de uma cerimônia emotiva na qual cada formanda recebia sua nomeação como funcionária pública das mãos de algum notável do Estado da República. Quando Mona Sofia foi anunciada, fez-se um silêncio construído de veneração e estupor. A Vênus de Médici era uma camponesa rústica em comparação com aquela mulher que acabava de transpor a porta do salão.

De todos os pontos da Europa chegavam nobres senhores à *Scuola* e pagavam verdadeiras fortunas. Em menos de seis meses, Mássimo Troglio havia recuperado até o último ducado que investira em sua pupila. No transcorrer do primeiro ano, o Fazedor quintuplicou o total do investimento. O corpo de Mona Sofia havia incrementado o patrimônio de Mássimo Troglio em... dois mil ducados!

A LIBERDADE

I

Foi durante o segundo ano a partir do dia da sua formatura que Mona Sofia apresentou-se na luxuosa *scriptoria* de Mássimo Troglio. O Fazedor estava anotando a contabilidade da *Scuola*, inclinado sobre um volumoso caderno de lombada dourada.

– Venho anunciar-vos a minha liberdade – sentenciou Mona Sofia, sem preceder suas palavras, sequer, de uma saudação.

O Fazedor levantou a vista dos assuntos que o ocupavam. Escutou claramente a frase mas não a compreendeu, como se sua interlocutora acabasse de falar numa língua desconhecida.

– Aqui vos deixo o documento que me torna independente do vosso patronato – disse, estendendo-lhe um pergaminho escrito com tinta vermelha –, não é necessário que vos incomodeis em levantar-vos, deveis apenas colocar aqui a vossa firma – acrescentou, depositando o pergaminho sobre a escrivaninha do seu protetor.

Mássimo Troglio soltou uma gargalhada franca. Em sua longa vida ninguém lhe fizera um pedido – se assim pudesse chamar-se a exigência da sua pupila – de tamanho descaramento. Havia sofrido, sim, com a fuga de mais de uma ingrata. Tivera que empregar castigos exemplares com alguma fugitiva recapturada – a ablação de um dedo do pé era um corretivo usual –; mas que uma pupila irrompesse em seu próprio escritório com semelhantes pretensões era uma coisa, clara e simplesmente, estapafúrdia.

– Recorda que a *Scuola* tem seus estatutos e suas normas – começou a dizer Mássimo Troglio com um sorriso afável e paternal –, de maneira que...

Antes que seu mestre pudesse terminar a frase, Mona Sofia sacou uma faca com empunhadura de ouro e pousou a aguda ponta em seu próprio peito. Com absoluta parcimônia, disse:

– Meu corpo pagou-vos sobejamente a educação que me prodigastes e, se vos compraz escutá-lo, agradeço-vos e ofereço toda a minha veneração e o meu respeito. Mas agora vos exijo que me outorgueis o que me corresponde: o meu corpo.

Mássimo Troglio ficou pálido e, a seguir, vermelho de cólera. Tentando manter a calma, interpôs:

– De nada me servirias morta. Posso, se realmente quiseres, assinar o que me exiges. Mas o que te faz pensar que eu não haveria de recapturar-te com o direito que me outorga a lei? E sabes quais são os meus corretivos.

Mona Sofia sorriu.

– Não vos atreveríeis a mutilar um átimo do meu corpo. Eu sou vossa criação. Mas não pensai que sou ingrata; se lerdes o pergaminho, vereis que me lembro bem de vós: dar-vos-ei um décimo de todo o dinheiro que ganhar com o meu corpo, até o dia em que um dos dois morrer. A opção é o dízimo que vos ofereço ou nada – disse, enquanto enfiava um pouco a faca em seu próprio peito, fazendo uma gota de sangue rolar até o ventre.

Mássimo Troglio submergiu a pena no tinteiro e assinou o pergaminho. Mona Sofia ajoelhou-se a seus pés e beijou as mãos do mestre, antes de deixar a *Scuola* para sempre.

Sozinho em sua *scriptoria*, Mássimo Troglio chorou desconsolado. Chorava como uma criança.

Chorava como um pai.

De quando Mateo Colombo conheceu Mona Sofia

I

Foi durante sua breve estada em Veneza, no outono de 1557, que o anatomista conheceu Mona Sofia. Isso ocorreu no palácio de certo duque, por ocasião da festa que o próprio anfitrião ofereceu a si mesmo em louvor ao dia do seu santo. Mona Sofia já era uma mulher adulta e experiente. Tinha quinze anos.

Em conseqüência, talvez, da declaração de Leonardo da Vinci de que não compreendia por que os homens se envergonhavam da sua virilidade e "ocultavam o próprio sexo em vez de enfeitá-lo com toda a solenidade, como um ministro", talvez por essa razão, naquele ano havia-se difundido entre os homens a moda de exibir e enfeitar com toda pompa os genitais. Quase todos os convidados, exceto os mais velhos, vestiam calças de tons claros que alardeavam as partes dos seus proprietários mediante o uso de umas faixas que se ajustavam na cintura e nas virilhas, de modo que ressaltassem suas virilidades. Aqueles que tinham motivos maiores para estar agradecidos ao Criador aceitaram aquela moda de muito bom grado. Os demais adotavam métodos diversos para adaptar-se aos tempos e usos sem ter do que se envergonhar. Na *Bottega dil Moro* vendiam-se umas aplicações que eram colocadas por baixo das calças e serviam, precisamente, para conferir graça aos homens mais ou menos desgraçados. Entre os múltiplos enfeites – que iam de uns adornos com pedrinhas emoldurando o "ministro" a uns atavios de pérolas muito vistosas –, usava-se uma faixa com quatro ou cinco sininhos que delatavam o ânimo de "sua senhoria". Assim, as damas podiam saber da aceitação que suscitavam entre os cavalheiros conforme tinissem os guizos.

Era uma festa como todas: primeiro bailou-se a dança do beijo, cujas únicas regras e normas eram mover-se como cada qual lhe aprouvesse, com a única condição de que a constituição e a dissolução dos casais fossem feitas mediante um beijo.

Mateo Colombo permaneceu alheio aos passos da dança. Embora ainda não fosse um homem velho, vestia o *lucco* tradicional, coisa que, em meio a tanta exibição de nádega masculina, dava-lhe um ar de importância. E por certo foi premiado com mais olhares femininos do que aqueles que ostentavam seus majestosos campanários, autênticos ou de pacotilha.

A festa não estava ainda pela metade quando Mona Sofia entrou no salão. Não precisou ser anunciada. Seus dois escravos mouros ajudaram-na a descer da liteira junto ao vão da porta. Se até então três ou quatro mulheres eram as que incitavam a atenção de todos, a mais bela dentre elas não pôde evitar sentir-se uma entrevada, manca ou corcunda em comparação com a recém-chegada. Mona Sofia possuía uma estatura augusta. Usava um vestido aberto nas pernas até o começo das coxas. A seda transluzia perfeitamente todo o seu corpo. Os seios agitavam-se a cada passo nas bordas do decote, que exibia a metade do diâmetro dos mamilos. Em sua testa pendia uma esmeralda cujo objetivo não era outro senão deslustrar-se ante o resplendor dos seus olhos verdes.

Mona Sofia foi recebida por um verdadeiro carrilhão, uma centena de viris badaladas.

II

Mateo Colombo permanecia num canto solitário do salão. Ele tampouco pudera furtar-se à beleza da recém-chegada. Com efeito, teve o atrevimento de deixar falando sozinha uma dama hipocondríaca que não findava nunca de enumerar os seus males e da qual ele não sabia como se desembaraçar.

Mona Sofia foi recebida pelo anfitrião, que imediatamente integrou-a na dança do beijo. Como impunha a regra, o cavalheiro devia tirar a dama com um beijo e, após ensaiar uns breves passos, a dama devia substituir o seu par por um outro, e assim sucessivamente. Tratava-se, naturalmente, de um baile propício para a sedução; as regras eram estas: se uma dama não estivesse interessada em nenhum cavalheiro, a saída diplomática consistia em convidar um homem casado para dançar. Se, em contrapartida, escolhesse um homem solteiro, ficavam claras suas intenções. Por outro lado, existiam normas em torno do beijo; se a dama roçasse de leve a face do cavalheiro, não tinha outro propósito senão dançar e divertir-se um pouco; ao passo que um beijo afetuoso e sonoro indicava intenções mais ou menos formais, por exemplo, de matrimônio. Mas se o beijo roçasse os lábios do cavalheiro, mostravam-se claramente os propósitos lascivos da dama: era um convite direto ao sexo.

Mona Sofia executava uma dança que parecia oriental: balançava os quadris com ambas as mãos na cintura. Todos esperavam com curiosa ansiedade o momento em que haveria de escolher um novo par; motivo pelo qual todos os jovens disputavam a primeira fila, exibindo, sem poupar nenhuma obscenidade, os seus volumosos ânimos ornamentados. Porém, Mona Sofia havia conhecido, em outras circunstâncias, vários daqueles cavalheiros sem outros enfeites senão aqueles com que vieram ao mundo, a exibir agora umas virilidades inexplicáveis. Olhava para cada um dos que esperavam ser o escolhido, dirigia-se a algum deles e então, quando parecia estar decidida, girava sobre os calcanhares e partia em direção a outro homem, o qual também acabaria decepcionado. Sem deixar de se agitar ao compasso dos alaúdes, Mona Sofia abriu passagem entre um grupo de eufóricos galãs, transpôs o círculo, e então Mateo Colombo viu como os seus seios, tremulando na borda do decote, apontavam para ele os mamilos. Mona Sofia caminhava decidida na direção do anatomista. Em outras circunstâncias, Mateo Colombo se sentiria envergonhado; agora, porém, enquanto via aquela mulher olhando-o como nunca antes se sentira olhado, não pôde evitar a impressão de que não havia mais ninguém no salão além dela. Não obstante, podia ouvir a balbúrdia dos outros e a música dos alaúdes; podia, mesmo, ver a multidão de convidados. Sentia-se exatamente como um rato diante de uma serpente. Não conseguiria, mesmo que o desejasse, olhar para outra coisa a não ser aqueles olhos verdes que faziam empalidecer a esmeralda pendente entre as sobrancelhas. Mona Sofia levou seus lábios até os do anatomista, que sentiu o hálito de menta e água de rosas e, então, como uma brisa quente, efêmera, registrou na comissura dos lábios a breve carícia da língua de Mona Sofia. Dançou, sim; não perdeu a compostura, isso não; foi galante. Conseguiu, até, dissimular que dali por diante, e até o dia da sua morte, não poderia prescindir daquele hálito de menta e água de rosas, daquela brisa quente e efêmera, do aconchego daqueles olhos verdes. Dançou. Ninguém diria que, como a vítima de uma serpente cujo veneno vai invadindo, implacável, o seu sangue, aquele homem severo que estava dançando acabava de adoecer definitivamente. Dançou e dançou.

Para sempre, até o dia da sua morte, haveria de lembrar que dançou sob o encanto daqueles olhos maliciosos; até o último dia, tal como se comemora a data de um mártir, haveria de lembrar como fugiram por corredores, jardins e galerias e como beijou, numa alcova recôndita do palácio, ao som do distante sussurro dos alaúdes, aqueles mamilos rosados, duros como pérolas porém mais suaves que a pétala de uma flor. Até o dia da sua morte haveria de lembrar, como uma efeméride negra e no entanto tão doce, aquela voz de lenho ardendo, a algazarra de uma língua cuja matéria era a mesma que a do fogo do inferno. Até o último dia haveria de lembrar que, como alguém que fez promessa de jejum e renuncia ao manjar permitido para adiar a ânsia de comer, rejeitou aquele corpo e, ajeitando o *lucco*, declarou:

– Quero fazer-vos um retrato.

E como o náufrago que confunde as nuvens do horizonte com a terra firme, acreditou ver amor naqueles olhos verdes repletos de pestanas arqueadas. E não passavam de nuvens.

– Quero fazer-vos um retrato – repetiu, com o ânimo turvado pela emoção.

E acreditou ver emoção nos olhos da serpente. Mona Sofia beijou-o com uma ternura infinita.

– Podeis ir ver-me quando quiserdes – disse, e num sussurro acrescentou: – Vinde amanhã mesmo.

O anatomista viu-a arrumar o vestido, viu como lhe oferecia por última vez os mamilos duros para que os beijasse e viu-a girar os calcanhares em direção à porta. Então ouviu-a dizer, antes de perder-se do outro lado:

– Vinde amanhã, estarei vos esperando.

E não passavam de nuvens.

III

No dia seguinte, às cinco em ponto da tarde, Mateo Colombo subiu os sete degraus do átrio do *bordello dil Fauno Rosso*. Ia com o cavalete de viagem atravessado nas costas, a tela sobre o peito, a paleta debaixo do braço direito e a taleiga com os óleos pendurada no cinto do *lucco*. Tão carregado ia que por pouco não atropelou a administradora.

Quando Mateo Colombo apareceu no vão da porta, Mona Sofia, coberta com um tule transparente, acabava de trançar o cabelo diante do espelho do toucador. O anatomista, que permanecia de pé e com a sua equipagem pendurada, viu no espelho aqueles mesmos olhos em que na véspera divisara o amor. E ali estavam, agora, só para ele, para os seus olhos. Então anunciou-se, limpando o pigarro.

Sem se virar, sem sequer olhar, Mona Sofia fez um gesto de convite com a mão.

– Venho fazer-vos um retrato.

Sem se virar, sem sequer olhar, Mona Sofia declarou:

– O que fizerdes durante a visita me é completamente indiferente – disse, e imediatamente acrescentou. – Se não sabeis, a tarifa é de dez ducados.

– Lembrais de mim? – murmurou Mateo Colombo.

– Se pudesse ver o vosso rosto... – disse para o anônimo interlocutor, cujo rosto estava encoberto pela tela que carregava.

Então o anatomista colocou suas coisas no chão. Mona Sofia examinou-o pelo espelho.

– Não creio ter-vos visto antes – titubeou, e pelas dúvidas voltou a recordar-lhe a tarifa. – Dez ducados.

Mateo Colombo deixou os dez ducados sobre a mesa-de-cabeceira, abriu a tela, colocou-a no cavalete, tirou os óleos da taleiga que pendia de sua cintura, preparou os pincéis e, sem dizer uma só palavra, começou o retrato que iria intitular *Mulher apaixonada*.

IV

Todos os dias, quando os autômatos do relógio da torre batiam a quinta badalada, Mateo Colombo subia os sete degraus que levavam ao átrio do bordel da rua Bocciari, entrava na alcova de Mona, deixava os dez ducados na mesinha e, enquanto estendia a tela, antes mesmo de tirar o capote, dizia a Mona que a amava; que, por mais que ela não quisesse saber disso, via amor em seus olhos. Entre uma pincelada e outra suplicava-lhe para deixar aquele bordel e partir com ele para o outro lado do monte Veldo, para Pádua, pois que se ela assim o desejasse estaria disposto a abandonar o seu claustro na Universidade. E Mona, despida na cama, os mamilos duros como amêndoas e suaves como a pétala de uma frésia, não tirava os olhos da torre do relógio que se erguia do outro lado da janela, esperando que os sinos tocassem de uma vez. E, quando finalmente soavam, ela fitava aquele homem com os olhos cheios de malícia:

– Teu tempo acabou – dizia, caminhando para o toucador.

E todos os dias, às cinco da tarde, quando as sombras das colunas de São Teodorico e do leão alado fundem-se numa única e oblíqua faixa que atravessa a *Piazza de San Marco*, o anatomista chegava ao bordel com seu cavalete, sua tela e suas pinturas, deixava os dez ducados sobre a mesinha e sequer tirava o *lucco*. Enquanto misturava as cores na paleta, dizia-lhe que a amava e que, embora ela própria o ignorasse, ele sabia reconhecer quando o amor se instala num olhar. Dizia-lhe que nem a mão de um deus poderia imitar tanta beleza; que se a administradora não aprovasse o matrimônio estava disposto a pagar por ela todo o dinheiro que possuía, e que deixasse aquele prostíbulo infame e fosse com ele para casa, em sua Cremona natal. E Mona Sofia, que nem sequer parecia escutá-lo, acariciava as coxas suaves e firmes e torneadas como a madeira, aguardando a primeira das seis badaladas que indicavam que o tempo do cliente havia terminado.

E todos os dias, às cinco em ponto da tarde, quando as águas do canal começavam a subir pelas escadarias, Mateo Colombo chegava ao bordel da rua Bocciari, perto da Santa Trindade, e, sem sequer tirar a *beretta* que lhe cobria o topo da cabeça, deixava os dez ducados sobre a mesa-de-cabeceira e, ajeitando a tela no cavalete, dizia-lhe que a amava, que fugissem juntos para o outro lado do monte Veldo ou, se fosse preciso, para o outro lado do Mediterrâneo. E Mona, encerrada em seu cínico mutismo, em seu silêncio malicioso, ajeitava as tranças que iam até abaixo da cintura, acariciava os mamilos e nem se dignava a mostrar interesse pelo progresso do retrato. Não olhava para outra coisa senão o relógio da torre, esperando que tocasse de uma vez para pronunciar as únicas palavras de que parecia ser capaz:

– Teu tempo acabou.

E todos os dias, às cinco da tarde, quando o sol era uma morna virtualidade multiplicada por dez sobre as cúpulas da basílica de São Marcos, o anatomista, carregado de taleigas, correias e humilhação, deixava os dez ducados sobre a mesa-de-cabeceira e, entre os acres perfumes de óleos e do sexo alheio, dizia-lhe que a amava, que estava disposto a se desfazer de tudo o que tinha para comprá-la, que fugissem juntos para o outro lado do Mediterrâneo ou, se fosse preciso, para as terras novas do outro lado do Atlântico. E Mona, sem dizer uma só palavra, como se naquela alcova não houvesse mais ninguém, acariciava o papagaio que dormitava sobre o seu ombro, esperava que os autômatos da torre do relógio se deslocassem e então, com os olhos cheios de uma sensual malícia, declarava:

– Teu tempo acabou.

E durante toda a sua estada em Veneza, todos os dias, às cinco em ponto da tarde, o anatomista chegava ao bordel da rua Bocciari, perto da Santa Trindade, e dizia a ela que a amava. Assim foi até concluir o retrato e, por certo, concluir todo o seu dinheiro. Seu tempo em Veneza havia terminado.

Humilhado, pobre, com o coração partido e sem outra companhia a não ser a do corvo Leonardino, Mateo Colombo regressou a Pádua com uma única convicção.

O CAMINHO DAS ESPECIARIAS

I

Desde o seu regresso a Pádua, Mateo Colombo passava a maior parte do tempo encerrado no claustro. Saía apenas para ir às missas de praxe e dar suas aulas de anatomia. As visitas furtivas à morgue começaram a se espaçar, até serem abandonadas por completo. Deixou de demonstrar qualquer interesse em relação aos cadáveres. Encerrado em seu claustro, não fazia outra coisa senão pesquisar nos antigos volumes de farmácia em que havia estudado. Quando saía para o bosque adjacente à abadia, não se interessava mais pelos frescos despojos que o seu Leonardino apontava. Repentinamente o anatomista havia-se tornado um inofensivo animal herbívoro. Era, agora, um farmacêutico. Enchia sacas com infinidades de ervas, que seriam detalhadamente classificadas, agrupadas e mais tarde infundidas.

Estudou as propriedades da mandrágora e da beladona, da cicuta e do aipo, e determinou os efeitos dessas plantas sobre os diferentes órgãos. Tratava-se de uma tarefa perigosa, pois o limite que separava a farmácia da bruxaria era, certamente, impreciso. A beladona havia concitado a mesma atenção em médicos e em bruxos. Os antigos gregos haviam-na chamado *atropa* – a inflexível – e lhe atribuíam a propriedade de restabelecer e de cortar o fio da vida. Os italianos a conheciam e as damas florentinas empregavam a seiva da planta para dilatar as pupilas e obter um olhar sonhador que – à custa de uma cegueira mais ou menos crônica – dava-lhes um atrativo incomparável. Conhecia os efeitos alucinógenos do temível meimendro-negro, cujas propriedades já eram descritas nos papiros de Eber, no Egito, há mais de dois mil e quinhentos anos, e decerto sabia que Alberto Magno escrevera que o meimendro era empregado pelos necromantes para conjurar os demônios.

Preparou centenas de poções, cujas fórmulas eram minuciosamente catalogadas, e durante as noites atirava-se aos sórdidos bordéis de Pádua carregado com seus frascos. Mateo Colombo havia traçado uma meta nada original: conseguir um preparado que pudesse apoderar-se da volátil vontade das mulheres. Por certo que existiam numerosas poções que até mesmo um aprendiz de feiticeira podia preparar por uns poucos ducados. Mas ele ainda conservava um pouco de sensatez. Afinal, havia-se graduado em farmácia. Conhecia perfeitamente as propriedades de todas as plantas; lera Paracelso, os antigos médicos gregos e os herboristas árabes.

Em suas notas, encontramos: "O modo de garantir a eficácia dos preparados é fazê-los ingressar pela boca e chegar ao aparelho digestivo. As fricções na pele podem surtir efeito, mas esse método é mais trabalhoso e os resultados, muito mais tênues e efêmeros. Também podem ingressar-se por via contrária, pelo orifício anal, embora seja difícil nesse caso que o corpo os retenha, provocando sérias diarréias. E, dependendo da circunstância, também podem ser inalados os seus vapores, distribuindo-se assim as suas partículas dos pulmões para o sangue. Mas a via mais aconselhada será a da boca."

Pois bem, mas como dar de beber esses preparados às prostitutas sem que elas se recusem? O caminho mais expeditivo seria esfregar as infusões no sexo em concentração muita alta e, por via da *fellatio*, introduzi-las no corpo das mulheres.

Os efeitos foram terríveis.

Na primeira oportunidade, Mateo Colombo ensaiou uma infusão de beladona e mandrágora em proporções semelhantes. A vítima era uma *mammola* com uma boa quantidade de anos nas costas, atendente antiga do *prostíbolo* situado no primeiro andar da *Taverna dil Mulo*, uma puta velha chamada Laverda. Pagou meio florim, e por certo era demais. Porém pagou sem discutir.

Antes de abocanhar o instrumento do seu cliente, Laverda fez um bochecho com um vinho rançoso benzido que teria a propriedade de manter afastados as doenças contagiosas e os espíritos demoníacos. O anatomista sabia que aquele costume não tinha outro fundamento além da superstição, de maneira que não o considerou inconveniente para o sucesso da experiência. Laverda era uma mulher experiente na *fellatio*; sua perícia era favorecida pelo fato de não conservar um único dente, de modo que o bocado podia escorregar com grande facilidade, sem nenhum obstáculo nem estorvo. O primeiro sinal do efeito da infusão foi imediatamente notado pelo anatomista; Laverda parou de repente, levantou-se e fitou o anatomista com uns olhos cheios de exaltação, um súbito arrebato de ardor que lhe coloriu inopinadamente as faces. O coração de Mateo Colombo pulava de ansiedade em seu peito.

– Acho que estou... – começou a dizer Laverda – acho que estou...

– Apaixonada...?

– ... envenenada – completou ela, e imediatamente vomitou em cima do *lucco* do cliente tudo o que suas tripas albergavam.

Após esse infortunado transe, Mateo Colombo preparou uma infusão com as mesmas ervas mas em proporções inversas: se aquela poção havia conseguido desatar o ódio mais incomensurável, invertendo as proporções, por lógica, haveriam de inverter-se os efeitos. Estava em bom caminho.

Na semana seguinte tornou a subir as escadas que conduziam ao prostíbulo. Ia com a infusão no lugar apropriado. Os resultados não foram menos calamitosos. A segunda vítima foi Calandra, uma puta jovem que se iniciara no ofício fazia pouco. Após sofrer um breve desmaio, ela acordou e, horrorizada, pôde ver claramente toda sorte de demônios revoando na alcova e pousando aos pés do anatomista. Essas visões espantosas pouco a pouco se desvaneceram, até se transformarem num persistente delírio místico.

Então Mateo Colombo determinou que talvez fosse melhor trocar a beladona pelo meimendro. E assim fez.

II

Quando Mateo Colombo entrou na taverna, fez-se um silêncio sepulcral; os freqüentadores mais próximos da porta caminhavam disfarçadamente para a saída e, uma vez atingida a rua, fugiam espavoridos. À medida que o anatomista avançava para o fundo do recinto, ia-se abrindo aos seus lados uma trilha de fregueses que o cumprimentavam com uma mistura de subserviência e terror. Ao atingir a escada Mateo Colombo constatou, no primeiro descanso, que no breve tempo que lhe demandara subir os trinta degraus todo mundo havia-se retirado da taverna. Não viu sequer o velho taverneiro.

Quando bateu na portinhola do bordel, não ouviu nenhum movimento do outro lado. Tal era o seu desconcerto que nem suspeitou a causa do terror dos fregueses. Estava a ponto de dar meia-volta quando reparou que a portinha estava sem tranca. Não tinha intenção de entrar sem ser autorizado, mas não pôde eludir a sensação de que aquela fenda que se abria entre a porta e a moldura era um convite. As dobradiças rangeram sem muita hospitalidade antes de Mateo Colombo insinuar-se para o interior. No fundo do recinto viu uma figura, na mórbida contraluz que um castiçal de três velas irradiava.

– Estava vos esperando – disse a figura, com uma cálida voz feminina –, aproximai-vos.

Mateo Colombo avançou uns passos e então distinguiu Beatrice, a mais jovem das pupilas da casa, uma menina que ainda não havia completado doze anos.

– Conheço-vos bem, aproximai-vos – repetiu Beatrice, estendendo a mão. – Sabia que viríeis. Não precisais enganar-me; não a mim. Sei que chegou o tempo da grande profecia. Antes de me possuirdes, digo-vos que meu corpo e minha alma vos pertencem.

O anatomista olhou por cima do próprio ombro para verificar se ela não estava se dirigindo a alguma outra pessoa.

– Sei o que fizestes com Laverda e com Calandra.

O anatomista ruborizou-se e elevou uma íntima prece pela saúde das duas inocentes.

– Fazei-me definitivamente vossa – disse Beatrice, com voz rouca e um riso malicioso.

– Para isso eu vinha... – titubeou timidamente Mateo Colombo, antes de tirar da taleiga os dois ducados.

Mas Beatrice sequer reparou no dinheiro.

– Não sabeis o quanto vos amei em silêncio. Não sabeis o quanto esperei por vós.

O anatomista não lembrava de ter-lhe dado ainda nenhuma poção.

– Estavas a esperar-me...?

– Eu sabia que hoje seria o dia. Lá está a Lua cheia sobre Saturno – disse Beatrice, indicando o céu noturno do outro lado da janela. – Pensais porventura que eu não conheço as profecias do astrólogo Giorgio de Novara? Sei que ele disse que a conjunção de Júpiter com Saturno originou as leis de Moisés; com Marte, a religião dos caldeus; com o Sol, a dos egípcios; que com Vênus, Maomé nasceu; que com Mercúrio, Jesus Cristo – fez uma pausa, olhou fixamente nos olhos do anatomista e, apontando para ele, acrescentou: – É agora, é hoje a conjunção de Júpiter com a Lua...

Mateo Colombo olhou pela janela e divisou uma lua cheia e luminosa. Interrogou Beatrice com o olhar, como dizendo: "E o que eu tenho a ver com isso?".

– É agora, é hoje o tempo do vosso regresso! – e, erguendo-se, sentenciou com um grito sufocado – É o tempo do Anticristo! Eu vos pertenço. Fazei-me vossa – disse, enquanto atirava ao chão a manta que a cobria, deixando nu o seu belo corpo.

Mateo Colombo demorou a compreender.

– Que o poder de Deus esteja comigo – murmurou, benzeu-se e imediatamente explodiu numa torrente de cólera: – Idiota, menina idiota! Queres porventura ver-me arder na fogueira?

Estava com o punho levantado, a ponto de desferir um soco no rosto daquela endemoninhada, quando de repente percebeu que acabava de se tornar um ser perigoso. Uma acusação de "diabólico" era certamente grave; mas muito mais grave ainda era incitar involuntárias adesões. Já podia ver-se fugindo de Pádua, perseguido por uma turba de demoníacos adeptos.

Antes que a versão de Beatrice se propagasse como sementes ao vento, o anatomista decidiu solicitar uma viagem em comissão para Veneza, até que as águas de Pádua se acalmassem. E para justificar a viagem ante si mesmo, e não perder de vista o propósito que o guiava, aferrou-se a uma premissa de Paracelso:

"Como pode alguém curar as doenças da Alemanha com medicamentos que Deus pôs na beira do Nilo?"[1] Aquela frase o conduziria à mais estapafúrdia peregrinação.

---

1. Paracelso, *Escritos*.

III

Viajou a Veneza. Esteve recolhendo e selecionando as ervas que brotam na campina, o limo deixado pela crescente noturna ao pé das escadas quando as águas se retiram, e até os cogumelos fedorentos que se desenvolvem com o adubo fértil dos nobres dejetos provenientes dos aquedutos dos palácios. Estava a ponto de preparar uma poção quando chegou ao seu conhecimento a notícia de que Mona Sofia, quando pequena, fora comprada na Grécia. Antes de partir para os mares egeus, flagelou o seu já ferido espírito contemplando furtivamente os passeios de Mona pela *Piazza de San Marco*. Oculto atrás das colunas da catedral, o anatomista observou-a passeando a sua arrogante beleza, deitada na liteira transportada por seus dois escravos mouros. Vinha sempre precedida por uma cadela da Dalmácia, que marcava o passo da escolta. Antes de partir para a Grécia, ele se mortificou contemplando aquelas pernas torneadas como a madeira, os mamilos que tremiam junto com o pulso dos servos morenos e assomavam no abismo do decote. Antes de partir para a Grécia, flagelou ainda mais as doloridas espáduas do seu espírito contemplando aqueles olhos verdes a embaçar o brilho da esmeralda pendurada entre as sobrancelhas.

As ervas dos deuses

I

No colar de ilhas que circundam como pérolas a península, Mateo Colombo coletou as plantas com cuja seiva iria preparar as infusões. Em Tessália colheu o meimendro, sob cujo devaneio as antigas sacerdotisas de Delfos faziam suas profecias; na Beócia, as frescas folhas da atropa; em Argos exumou a raiz da mandrágora – cujo sinistro antropomorfismo Pitágoras descrevera –, tomando a precaução de tapar os ouvidos, pois que, como sabiam todos os coletadores, caso se a exumasse sem perícia nem cuidado, os guinchos agônicos da planta poderiam levar à loucura; em Creta recolheu sementes da *dutura metel*, mencionada nos antigos manuscritos sânscritos e chineses e cujas propriedades foram descritas por Avicena, no século XI; em Quio, a temida *dutura ferox*, um afrodisíaco tão poderoso que, pelo que contavam as crônicas, podia fazer a vara estourar, provocando a morte por perda de sangue. E se certificou de que todas e cada uma das ervas, raízes e sementes estivessem em bom estado.

II

Em Atenas, na subida do monte da Acrópole, Mateo Colombo soube o que era o "Bom, Belo e Verdadeiro". Ébrio de helênica "Antigüidade" – além de certa *cannabis* que Galeno descrevera, misturada com beladona – e de um paganismo inédito, descobriu, de pé como estava sobre o monte da Acrópole, as misérias da *Rinascitá*. Encontrava-se no berço dourado da genuína "Antigüidade". Lá, na subida do monte da Acrópole, abriu a saca que continha todas as ervas dos deuses e se certificou de que estivessem em bom estado. Primeiro comeu o cogumelo da *amarita muscaria*; e pôde ver o Princípio de Todas as Coisas: viu Eurínome erguer-se das trevas do Caos; viu-a bailando a dança da Criação enquanto separava os mares do firmamento e dava início a todos os Ventos. Então ele, o anatomista, foi Pelasgo, o primeiro de todos os homens. E Eurínome ensinou-o a se alimentar: a Deusa de Todas as Coisas estendeu-lhe a palma da mão cheia de sementes vermelhas de *Cláviceps purpúrea*. E então comeu daquela semente e foi o primeiro dos filhos de Cronos. Deitado de costas na subida do Monte de Todos os Montes, pensou que aquela sim era a vida; a morte não passava de um sonho horrível. Sentiu uma pena infinita dos pobres mortais. Acendeu então uma pequena fogueira e fez arder folhas de beladona, cuja fumaça respirou longamente: junto a si podia ver as mênades das orgias dionisíacas; podia tocá-las e sentir aqueles olhares de fogo; podia ver como lhe esticavam os braços. Encontrava-se nas tripas da Antigüidade, às portas de Elêusis celebrando e agradecendo aos deuses o presente da semeadura da terra.

Não era preciso remexer na lama milenar, não havia que procurar em arquivos ou bibliotecas; ali, diante dos seus olhos, estava a pura Antigüidade Helênica; dentro dos seus pulmões achava-se o ar que Sólon e Pisístrato haviam respirado. Tudo estava na superfície, sob a luz do sol; ele não tinha que traduzir manuscritos ou decifrar as ruínas. Qualquer daqueles camponeses que caminhavam sobre a linha do horizonte estava talhado pela mão de Fídias; os olhos de qualquer simplório tinham o mesmo brilho que o olhar dos Sete Sábios da Grécia irradiava. O que era Veneza, o que era Florença, senão grosseiros e pretensiosos arremedos? O que era a *Primavera* de Botticelli em comparação com aquela paisagem que se lhe oferecia ao pé do monte da Acrópole? O que eram os Visconti de Milão ou os Bentivoglio de Bolonha; o que eram os Gonzaga de Mântua ou os Baglioni de Perusa; o que eram os Sforza de Pesaro ou os próprios Médici, comparados com o mais pobre dos camponeses de Atenas? Todos aqueles novos senhores não possuíam outra genealogia ou nobreza além da adventícia heráldica que os seus prepotentes *condottieri* lhes conferiam. Até o mais indigente mendigo do porto do Pireu tinha o nobre sangue de Clístenes. O que era o grande Lorenzo de Médici ao lado de Péricles? Perguntando-se tudo isso, na subida do monte da Acrópole, adormeceu profunda e placidamente.

III

Mateo Colombo acordou, no dia seguinte, encharcado de um orvalho gélido. Ao seu lado viu os restos da pequena fogueira. Tentou levantar-se, mas seu equilíbrio era tão frágil que rolou pela ladeira até o pé do monte. Sentia uma horrorosa dor de cabeça. Contudo, lembrava perfeitamente dos fatos do dia anterior. A rigor, aquelas lembranças eram mais claras que a paisagem que agora se oferecia, nublada e confusa, diante dos seus olhos: nada mais que um campo ermo, salpicado de penhascos inóspitos: aquela era a sua ansiada "Antigüidade". Sentiu uma vergonha profunda de si mesmo; suas mãos não eram suficientes para benzer-se, nem a alma para pedir perdão a Deus – Único e Todo-Poderoso – por seu inexplicável arrebatamento pagão. Vomitou.

Mas não esquecia o motivo que o conduzira até a Grécia. No porto de Pireu esteve coletando tudo o que apresentasse forma vegetal nos interstícios dos tijolos das paredes dos prostíbulos e das tavernas em que, entre um copo e outro, os traficantes de mulheres mercadejavam.

Estava a ponto de misturar em proporções exatas as ervas, raízes, sementes e cogumelos, quando soube, pelos lábios do próprio comprador, que Mona Sofia havia nascido na Córsega. De modo que, seguindo o apotegma de Paracelso, viajou para a ilha dos piratas.

IV

Mateo Colombo peregrinava com a mesma devoção com que um penitente parte para a Terra Santa. Seguia os passos de Mona Sofia com a mística adoração daquele que percorre a *Via Crucis* e, à medida que avança, vão crescendo na mesma proporção a sua veneração e o seu martírio. Esperava encontrar a chave da Revelação do Mistério que, a cada passo, parecia estar mais distante. E enquanto errava em direção aos tenebrosos mares de Gorgar o Negro, poderia ter escrito como o seu xará de Gênova à rainha: "Em muitas jornadas de espantável tormenta não vi o sol, nem as estrelas do mar: as naves apresentavam aberturas, quebradas as velas, perdidas as âncoras e enxárcias e bastimentos. As gentes, enfermas. Todos contritos, muitos com promessa de religião, confessavam-se uns aos outros. A dor me arrancava a ânima. A pena me arranca o coração. Bem fatigado estou. Do mal se me refresca a chaga. Ando sem esperança de vida. Olhos nunca viram o mar tão alto, horrendo e espumoso. Aquele mar feito de sangue, fervendo como uma caldeira com grande fogo. Céu tão espantoso jamais foi visto."

E com a mesma e desesperada amargura, Mateo Colombo vagava a bordo de uma goleta frágil como uma casca de noz, que esteve a ponto de se destroçar contra as rochas. O anatomista não conseguiu sequer chegar às costas da Córsega, porque os piratas de Gorgar o Negro assaltaram a goleta e roubaram e mataram toda a tripulação e boa parte dos passageiros. Por milagre conservou a vida: Gorgar o Negro, na abordagem, havia-se ferido num pulmão, e Mateo Colombo curou-o e salvou-lhe a vida. Por gratidão o pirata deu-lhe a liberdade.

Com o ânimo ainda conturbado pelas ervas dos deuses do Olimpo, com o corpo doente pelo frio e a umidade, com a alma alquebrada, Mateo Colombo regressou a Pádua.

O acaso haveria de revelar-lhe que podia-se chegar ao Oriente navegando em direção ao Ocidente. Como um buscador de especiarias que desse acidentalmente com a mais esplendorosa jazida de ouro, da mesma forma, tal como o seu xará genovês, Mateo Colombo iria descobrir a sua "América". O destino lhe demonstraria que, para chegar com sucesso a Veneza, teria que passar antes por Florença, e que, para governar o coração de uma mulher, teria que conquistar primeiro o de outra mulher.

E assim ocorreu.

SEGUNDA PARTE

Inês de Torremolinos

I

De volta a Pádua, esperavam-no duas notícias: uma boa e outra ruim. A ruim dizia respeito aos ânimos do reitor.

– Muitas coisas falam sobre vós em Pádua – começou a dizer-lhe Alessandro de Legnano. – E decerto nada de bom.

O reitor informou ao anatomista que Beatrice, a rapariga do prostíbulo da *Taverna dil Mulo*, havia sido levada a julgamento e queimada por bruxaria.

– Mencionou-vos em sua declaração – disse laconicamente o reitor.

Mateo Colombo ficou em silêncio.

– Por mim – continuou o reitor –, eu vos entregaria à Inquisição hoje mesmo – disse, e viu como seu interlocutor empalidecia. – Mas a sorte parece estar do vosso lado.

Então lhe comunicou que um certo abade, parente dos Médici, mandara chamar o anatomista a Florença. Uma dama castelhana – viúva de um nobre senhor florentino, o marquês de Malagamba – estava agonizando, e um altíssimo duque próximo dos Médici contratara os serviços do anatomista. Pagara mil florins adiantados e mais outros quinhentos para o caso de precisar da colaboração de um aprendiz ou ajudante. O reitor considerou justa a sua proposta de arquivar o assunto de Beatrice e os testemunhos de Laverda e Calandra em troca dos honorários oferecidos ao seu catedrático.

– Partireis amanhã mesmo para Florença – concluiu Alessandro de Legnano, e antes de dispensar Mateo Colombo acrescentou: – Em relação ao aprendiz, Bertino viajará convosco. Está decidido.

De nada valeria um protesto. Mateo Colombo limitou-se a assentir; de fato, o reitor não lhe dava margem alguma para negociar. Bertino chamava-se Alberto e usava o sobrenome do reitor. Ninguém sabia ao certo que parentesco os unia. Mas Bertino, que funcionava como os olhos e os ouvidos de Alessandro de Legnano e era um jovem um pouquinho mais idiota que o seu protetor, iria tornar-se a sombra do anatomista em Florença.

II

Inês era a mais velha das filhas do nobre matrimônio que haviam constituído dom Rodrigo Torremolinos, conde de Urquijo e senhor de Navarra, e Isabel de Alba, duquesa de Cuernavaca e condessa de Urquijo. Para frustração do pai, o casal não gerou filhos homens. De modo que a pequena alteza, em razão de sua feminina "primogenitura", gozava inteiramente da *potestas* e da *divitia*. Tal avoengo e linhagem, contudo, contrastavam com sua setemesinha saúde, sua pálida fragilidade e sua minúscula e mórbida figura. Como se aquele corpinho fosse demasiadamente pequeno e prematuro para abrigar uma alma, a menina apresentava um aspecto francamente exânime, não como se a vida fosse abandoná-la, mas como se nunca lhe houvesse chegado. O berço, de frondoso capitel, que lhe fora construído pelo melhor marceneiro de Castela era tão imenso que a pequena Inês ficava invisível entre as dobras da seda. Mal se revelava alguma evidência de vida nuns horríveis estertores que, sempre, pareciam ser os últimos. Assim que concluiu o berço, o marceneiro começou a construir um pequeno ataúde. À medida que iam-se sucedendo os dias a menina perdia mais volume, se assim pudesse chamar-se aquela pura ausência. A ama-de-leite, vendo que a pequena Inês não tinha forças nem para grudar-se ao mamilo, a desenganara definitivamente: a menina, pelo visto, iria receber o último sacramento antes do primeiro. Entretanto, Deus sabe como, a pequena Inês sobreviveu. Pouco a pouco, tal como brotos ternos crescem do nada num galho seco, foi adquirindo a cor dos vivos. Enquanto a pequena Inês ia crescendo, na mesma proporção, mas inversamente, a fortuna familiar definhava. As oliveiras e as videiras da nobre casa, que outrora foram as mais esplêndidas e generosas de toda a península, e de cuja abundância o escudo familiar dava testemunho, foram devastadas pela voracidade de uma súbita peste que, de um dia para o outro, arrasou com tudo o que apresentasse a mínima vontade de verdor. Dom Rodrigo, arruinado, sem outra fortuna além do seu desconsolo e seus títulos, amaldiçoava o ventre da esposa que, como os campos enfermiços que só produzem inúteis capinzais, fora incapaz de fazer um varão do seu sangue, apto, pelo menos, a trazer um dote para a casa. Estava comprovado que a duquesa só podia engendrar meninas esquálidas. Desesperado, dom Rodrigo viajou para Florença a fim de pedir auxílio ao seu primo, o marquês de Malagamba, a quem, ademais do parentesco, uniu-o, outrora, o cultivo da oliveira. O nobre espanhol implorou, rogou e até chorou. O marquês mostrou-se um homem de bem, propenso à compaixão e à misericórdia. Ofereceu-lhe consolo, palavras de ânimo e de fé; quanto ao dinheiro, nem um só florim. Dom Rodrigo regressou a Castela desconsolado. Não obstante, no verão seguinte chegou um mensageiro à casa do contrariado nobre castelhano. Trazia um recado do seu primo, o marquês. Para estupor do conde, o florentino pedia a mão da sua filha Inês e, em troca, oferecia a dom Rodrigo a soma de dinheiro que este lhe pedira no inverno anterior. A proposta não carecia de motivo: o marquês, homem viúvo, não tivera descendência, de modo que necessitava um meio para obter um varão legítimo, quer dizer, uma mulher. Por outro lado, a união com a casa de Castela o beneficiava, pois que desse modo estenderia os seus domínios até a península ibérica. O mensageiro partiu para Florença com o assentimento de dom Rodrigo. Inês, na época, tinha apenas treze anos.

Não houve cortejo nem sedução, não existiram cartas amorosas nem presentes, exceto o que consistia na própria Inês, ofertada por seus pais, que foi enviada a Florença – onde seu esposo a esperava – com uma escolta formada por membros de ambas as casas. O marquês era da nobre raça de Carlos Magno, e a impressão que Inês teve na primeira vez que o viu foi de que o florentino trazia em sua própria pessoa o volume de todos os ilustres antepassados e a idade de todas as insignes gerações carolíngias. Nunca imaginara que seu marido fosse um homem velho e obeso, embora tampouco o contrário.

Inês foi uma boa esposa, que entregou ao marido toda a sua *virtus in conjugio*; sabia ostentar o avoengo e, sobretudo, a "casta", quer dizer, a cristã castidade marital. Se a esposa, como ordenava o preceito apostólico, devia despojar-se de toda paixão e "usar do marido como se não o tivesse", para Inês, certamente, isso não foi nada difícil; de fato, mal cabia no leito nupcial ao lado de seu incomensurável esposo. Não precisava refrear acessos de paixão nem de umidades baixas. Não sentia a menor atração pelo marido e, a rigor, por nenhum homem. Diria-se que Inês jamais havia sentido qualquer inclinação para a sensualidade. Nada lhe provocava prazer ou, sequer, repugnância. Nada sabia de gemidos, nem de ais, nem de noturnas impulsões. Durante todo o tempo que o matrimônio durou, o marquês tivera três ereções senis, três vezes se conheceram e três vezes Inês pariu, sem jamais saber o que é o *frenesi veneris*. Como se uma maldição houvesse caído sobre a família, Inês, da mesma maneira que sua própria mãe, não teve filho homem; todas foram meninas; pura e ressequida folhagem para a murcha árvore genealógica carolíngia. Uma quarta ereção seria um milagre; de modo que, farto, indignado e desesperançoso, o marquês decidiu morrer. E assim fez.

III

Inês era uma mulher muito jovem. Dedicava-se por completo à criação de seus três deméritos, não sem algum pesar em memória do defunto, para quem não pôde realizar o desejo de formar um elo na sua nobre genealogia. Seu espírito orientou-se inteiramente para a compaixão, a misericórdia, a caridade e, sobre todas as coisas, Deus. Na intimidade da alcova, escrevia um sem-número de poemas em Seu nome. Rezava. Era uma das mulheres mais ricas de Florença.

Enfrentava a viuvez com uma só mágoa: não ter cumprido com a santidade conjugal, cujo padrão de medida é a glória que um filho varão representa. De resto, não precisava de outro amor senão o de Deus. Não se via desprovida do consolo de um homem; não ansiava doces prazeres nem era invadida por obscuros ou pecaminosos pensamentos porque, a rigor, nunca soube dos primeiros, de modo que sequer podia imaginar os segundos.

Todos os bens que Inês havia herdado não eram suficientes para atenuar a mágoa de ter sido incapaz de dar um varão ao seu finado esposo. De modo que, para moderar seus pesares e – sobretudo – para saldar a própria culpa em memória do marido, decidiu vender as oliveiras, as videiras e os castelos, e com esses fundos construir um monastério. Assim, mediante uma existência de castidade e celibato, haveria de cumprir o mandato conjugal, servindo aos filhos que seu ventre não soubera engendrar: a irmandade monástica e os pobres. E assim fez.

Inês parecia avançar sem obstáculos em direção à santidade, até que – é justo dizê-lo agora – um homem se interpôs entre a sua diáfana vida e a glória eterna: Mateo Realdo Colombo.

IV

Bem perto esteve de acabar seus dias como uma verdadeira santa. No verão de 1558 sua saúde deteriorou-se em razão de uma enfermidade desconhecida. Retirou-se então com as três filhas para uma casa simples, junto ao monastério que havia erguido, e decidiu aguardar a morte com cristã resignação.

O espírito de Inês havia-se tornado, progressivamente, sombrio e pessimista; ela se encerrou num mundo escuro e tormentoso. Qualquer acontecimento mais ou menos incomum, ou mesmo trivial e cotidiano, constituía para ela um sinal dos mais negros augúrios; se os sinos do convento tocassem por algum motivo, não podia furtar-se à idéia de que tocavam pela morte de alguma de suas filhas. Temia pela saúde do abade – que, aliás, era exultante – e, a rigor, pela de todos os que estavam ao seu redor. Qualquer resfriado corriqueiro revelava, sem nenhuma dúvida, uma pneumonia fatal de breve desenlace. Com o tempo, esses temores voltaram-se para o seu próprio espírito, e ela começou a suspeitar de que estava padecendo as mais graves doenças; uma simples irritação na pele era o sintoma que antecedia o próximo desencadeamento da lepra. Sentia-se espreitada pela morte. Padecia de intermináveis insônias, em cujo tenebroso decorrer seu coração parecia querer sair do peito; sofria de angustiosos sufocamentos, que a submergiam na certeza de uma asfixia mortal; e era sobressaltada por súbitos arrebatamentos de suores frios. Na solidão do leito, imaginava como seria o próprio corpo depois de morta e via-se atormentada pela idéia da decomposição de sua jovem matéria. Em breve, todos esses angustiosos mal-estares foram-se estendendo para além da fronteira da noite e se instalaram por completo em sua vida. Pouco a pouco, em função das vertigens que pareciam amolecer o chão sob os seus pés, Inês decidiu refugiar-se definitivamente na cama, à espera do que Deus dispusesse. Mas não encontrava tranqüilidade ou consolo nem mesmo em Deus, o que contribuía ainda mais para o seu tormento, pois isso a defrontava com a própria e devota consciência e sequer podia esperar a morte com cristã resignação. Inês exibia um aspecto francamente agônico.

Vendo que a saúde de Inês se quebrantava definitivamente, o abade lembrou-se de que em Pádua um cirurgião salvara miraculosamente a vida de um agonizante, fato que na época havia sido muito comentado. De modo que, sem hesitar, intercedeu junto ao seu ilustre primo do círculo dos Médici, o qual, sem medir gastos, fez-lhe chegar mil florins para os honorários da eminência e outros quinhentos para a viagem e outros imponderáveis que pudessem ser suscitados.

O DESCOBRIMENTO

I

Um homem a cavalo atravessou a todo galope as estreitas ruas de Pádua. Em sua passagem, derrubou a banca de um vendedor da *Piazza dei Frutti* – que nem teve tempo de xingá-lo –, deixando um tabuleiro de laranjas rolando rua abaixo. O cavalo estava encharcado de suor e soltando espuma pela boca; vinha galopando desde o outro lado dos montes Eugâneos. Leonardino, o corvo, observou-o; sigilosamente foi escoltá-lo, sobrevoando-o em círculos desde que transpôs os velhos muros pela *Porta Eugánea* e, mais além, quando avançou pela *Riviera de San Benedetto*. Ao atravessar o *Ponto Tadi* por cima do canal, o corvo se adiantou e, como se soubesse disso com antecedência, pousou no capitel da sala dentro da qual seu amo dava aulas.

O cavaleiro apeou em frente à porta da Universidade e correu atravessando o pátio.

– Onde posso encontrar Mateo Colombo? – perguntou a um homem que quase havia derrubado na chegada.

O homem era o reitor, Alessandro de Legnano.

O mensageiro explicou-lhe brevemente a urgência do assunto que o trazia, sem fornecer mais precisões nem detalhes além daqueles que a formalidade impunha, e imediatamente repetiu a petição, de modo que ficasse claro que ele não tinha autorização para informar a ninguém mais além do próprio anatomista.

– Tenho ordens de entregar a mensagem ao *messere* Mateo Realdo Colombo – explicou, lacônico, o mensageiro.

O reitor ficou extremamente irritado pelo modo por demais respeitoso com que o mensageiro se referiu ao *barbieri*, e sobretudo com a pretensão de eludir a sua autoridade, como se ele próprio fosse um simples criado cuja função consistisse em anunciar as visitas à "sua eminência", Mateo Colombo.

– Talvez deva informar-vos que nesta casa a autoridade sou eu.

– Talvez deva informar-vos quem é o remetente da mensagem – disse o mensageiro, permitindo-se a impertinência de imitar o tom do seu interlocutor enquanto lhe exibia a rubrica e o selo impresso no verso da mensagem.

O reitor não teve outro remédio senão prometer-lhe que entregaria a carta ao anatomista assim que este voltasse de viagem.

II

A impressão que Mateo Colombo teve da enferma foi, em primeira instância, de que se tratava de uma mulher infinitamente bela e, em segundo lugar, de que aquilo não era uma doença comum. Inês estava na cama, exânime e inconsciente. Ele examinou-lhe os olhos e a garganta. Apalpou sua cabeça e inspecionou os ouvidos. O abade acompanhava os movimentos do médico com desconfiada curiosidade. Apalpou os calcanhares e os pulsos e pediu ao abade que o deixasse a sós com a enferma e seu "discípulo" Bertino. Não sem alguma preocupação, o abade retirou-se da alcova.

Mateo Colombo pediu a Bertino para ajudá-lo a despir a paciente. Talvez ninguém suspeitasse de que por baixo daquelas austeras roupas havia uma mulher de beleza extraordinária, fato que atestavam as mãos do discípulo, que tremiam como folhas verdes ao retirar cada peça.

– Porventura nunca viste uma mulher nua? – perguntou Mateo Colombo a Bertino, não sem certa malícia e dando a entender, de passagem, que ele próprio podia converter-se em delator do espião do reitor.

– Sim, sim, já vi... mas não com vida... – titubeou Bertino.

– Pois lembra-te bem que o que estás vendo agora não é uma *mulher*, e sim uma *enferma* – marcando com a pronúncia a diferença entre as duas entidades.

A rigor, Mateo Colombo tampouco pudera se furtar à beleza da paciente, mas tinha um pulso experiente o suficiente para não manifestar nenhuma turbação. E, ademais, sabia que um médico deve dar atenção às impressões subjetivas: intuía que a sua inquietação e a sua perturbação não eram alheias à doença da paciente. Examinou o tônus muscular do ventre e o ritmo da respiração. Vendo que Bertino se delongava em sua tarefa, ordenou ao discípulo que terminasse de uma vez de tirar as roupas da enferma. No mesmo instante em que o anatomista se dispunha a tomar-lhe o pulso, Bertino prorrompeu num grito de espanto.

– É um homem! É um homem! – vociferava, enquanto se benzia e invocava todos os santos do céu. – O poder de Deus esteja comigo! – implorava com um ricto terrorífico.

Mateo Colombo pensou que Bertino estava completamente louco. Levantou-se e foi tentar acalmar o discípulo quando, para seu estupor, pôde ver entre as pernas da doente uma perfeita, ereta e diminuta vara.

III

O anatomista cominou seu discípulo a parar de gritar. Certamente aquele descobrimento, fosse o que fosse, punha em perigo a vida – já suficientemente frágil – da enferma. Mateo Colombo lembrou de imediato um caso que havia conduzido à fogueira, cinqüenta anos antes, um homem que apresentava a aparência de uma mulher e, aproveitando seus traços femininos, exercia a prostituição. Mas Inês de Torremolinos apresentava uma anatomia inteiramente feminina e, por certo, suas três filhas constituíam um fiel testemunho da sua não menos feminina fisiologia. Contudo, ali bem diante das ventas atônitas do mestre e do discípulo, eis aquele pequeno órgão ereto, apontando para o centro dos seus abobados olhos abertos como dois pares de florins de ouro.

A hipótese que melhor se adequava à situação

era o hermafroditismo. As antigas crônicas dos médicos árabes e egípcios relatavam numerosos casos de seres que apresentavam os dois sexos num mesmo corpo. O próprio anatomista pudera comprovar um caso de hermafroditismo num cão. Mas tal conjectura tampouco se ajustava aos fatos: a característica comum descrita em todas as crônicas médicas não deixava dúvidas de que essa anomalia implicava a atrofia completa de ambos os órgãos sexuais, masculinos e femininos, tornando em conseqüência impossível a reprodução. Além dos três rebentos que Inês de Torremolinos havia trazido ao mundo, era evidente que aquele pequeno órgão não se mostrava em absoluto atrofiado; pelo contrário, estava inflamado, palpitante e úmido.

Levado pela pura intuição, o anatomista segurou com o indicador e o polegar aquela inominada parte e, com o indicador da outra mão, começou a esfregar suavemente a diminuta "glande", vermelha e túrgida. A primeira reação que Mateo Colombo pôde notar foi que toda a musculatura do corpo da doente – que até então permanecia completamente lassa – adquiriu uma súbita e involuntária tensão, ao mesmo tempo em que o pequeno órgão aumentava um pouco mais em tamanho e se comovia em breves contrações.

– Está se mexendo! – gritou Bertino.

– Silêncio! Ou queres porventura que o abade se inteire?

Mateo Colombo não cessava de friccionar aquela protuberância entre os dedos, à maneira de quem fricciona um galho numa pedra para obter fogo. De repente, como se finalmente ele houvesse conseguido acender a faísca de uma fogueira, todo o corpo de Inês foi abalado por uma grande convulsão que a fez levantar os quadris, ficando sustentada pelos calcanhares e a nuca, como um arco. Pouco a pouco sua cintura começou a se movimantar, acompanhando a regularidade, o ritmo dos dedos do anatomista. A respiração de Inês se agitou; o coração parecia galopar dentro do seu peito e subitamente todo o corpo brilhou com um suor generalizado, reproduzindo, em virtude daquela esfregação que o anatomista lhe prodigava, cada um dos tormentosos sintomas que lhe sobressaltavam as noites. Contudo, apesar de Inês manter-se inconsciente, não se podia dizer que aquela sessão lhe resultasse, precisamente, tormentosa. Sua respiração foi adquirindo um som sufocado que se converteu num gemido sonoro. Seu gesto exânime transformou-se em trejeito lascivo: a boca, entreaberta, deixava ver a língua a se agitar por entre as comissuras dos lábios.

Bertino, o discípulo, fez o sinal-da-cruz. Não conseguia decifrar se aquilo era um exorcismo ou se, pelo contrário, o mestre estava metendo o diabo no corpo de Inês. Quase desmaiou ao ver a enferma, de repente, abrir os olhos, examinar em volta e, totalmente senhora de si, entregar-se à diabólica cerimônia do anatomista. Os mamilos de Inês estavam inflamados e erguidos, e agora ela mesma os esfregava com seus próprios dedos, sem deixar de olhar com lascívia para o desconhecido e murmurar umas palavras ininteligíveis em espanhol.

Parecia que Inês havia passado da agonia ao *frenesi veneris*. Totalmente consciente – se assim se pudesse dizer –, Inês agarrou-se à cabeceira da sua rústica cama.

Entre ais, convulsões e "como vos atreveis" admonitoriamente suspirados, Inês deixava fazer.

– Como vos atreveis? – murmurava, enquanto passava sua própria língua pelos mamilos. – Sou uma mulher casta – dizia, e molhava os dedos nos lábios. – Como vos atreveis? – suspirava, e então abria as pernas o quanto podia. – Sou mãe de três filhas – dizia, sem deixar de esfregar os mamilos, e "como vos atreveis", implorava, e então deixava fazer.

A tarefa do anatomista não era fácil; por um lado, precisava excluir-se da contagiosa excitação da enferma e, por outro, devia evitar que essa mesma excitação declinasse. Além do mais, Bertino – benzendo-se incessantemente – não parava de fazer perguntas, soltar exclamações, e até se permitiu advertir o mestre:

– Cometeis sacrilégio, profanação!

– Fecha essa boca e segura os braços.

Aturdido como estava, Bertino obedeceu.

– Os meus não, idiota, os da enferma!

– Como vos atreveis? – sussurrava Inês. – Sou uma viúva – dizia, e então chacoalhava as cadeiras investindo contra a mão do anatomista. – Como vos atreveis? – choramingava. – Vós sois dois homens e eu, uma pobre mulher indefesa – dizia, e então estendia o braço em direção à vara do discípulo, cujas súplicas a Deus não impediam que aquela começasse a ficar um pouco dura, fato que, aliás, garantia ao anatomista o silêncio de Bertino. – Como vos atreveis? – murmurava Inês. – Eu jamais sequer vos vi antes.

IV

Dez dias permaneceu Mateo Colombo em Florença junto à sua enferma. Dez dias durante os quais Inês se restabeleceu por completo, pelo menos dos seus padecimentos anteriores. O anatomista acordara com o abade que iria se alojar no claustro do monastério, cuja proximidade com a casa da enferma lhe permitiria não interromper a secretíssima terapia. Mas Inês considerou aquilo uma imperdoável falta de hospitalidade e hospedou-o em sua própria casa. Preparou-lhe uma acolhedora alcova próxima da sua.

Inês não era aquela mulher lasciva que Mateo Colombo conhecera. Pelo contrário, apresentava a aparência da santidade; era extremamente recatada em seu vestuário, pudorosa nos modos e ditos. Mas na hora de submeter-se à terapêutica do anatomista, parecia abrir passagem em seu corpo um espírito diabólico ilimitado, que arrasava a barreira do pudor e só se retirava quando chegava ao êxtase, após o qual Inês voltava ao seu recato. A enferma aparentava rebelar-se contra o prazer com uns levíssimos "Como vos atreveis?", que no entanto mais pareciam gemidos de gozo do que queixas. Concluídas as sessões, nada mencionava sobre elas, como se não guardasse memória do ocorrido em sua alcova ou como se isso não tivesse uma transcendência superior à de tomar uma erva medicinal. À medida que a cura avançava, aquela misteriosa protuberância que apresentava a forma de um verdadeiro pênis ia decrescendo de tamanho, na mesma proporção que os padecimentos da enferma. Além do mais, Inês parecia sentir-se muito à vontade na companhia de Mateo Colombo. Pelas manhãs caminhavam na trilha de sebes do bosque lindante ao monastério, e por volta do meio-dia sentavam-se à sombra de um carvalho para comer morangos e amoras silvestres. No meio da tarde, Inês e o anatomista iam até a casa, trancavam-se na alcova e então a cura se iniciava. Inês deitava-se mansamente na cama, deslizava a saia pela superfície das pernas, separava um pouco os joelhos ao mesmo tempo em que arqueava as costas, deixando as nádegas suspensas, suaves e proeminentes, e oferecia-se às mãos do anatomista fechando os olhos e apertando os lábios ainda úmidos e tingidos pelo sumo das amoras.

E todas as manhãs Mateo Colombo e sua paciente saíam para caminhar no bosque próximo à abadia, e depois do meio-dia entravam na casa e "como vos atreveis, pois embora eu não use hábitos sou uma mulher consagrada". E todas as noites, depois de um jantar frugal e repousado, "como vos atreveis, pois jurei castidade e celibato pela memória do meu finado".

Mateo Colombo, por sua vez, sentia-se à vontade em Florença. O motivo da sua estada não era apenas zelar pela saúde de sua paciente. O que era aquele pequeno órgão inominado que se comportava igual a um sexo masculino? O que era aquela diminuta monstruosidade que assomava horrorosamente do feminino púbis de Inês? Seria Inês uma mulher? Achava-se diante de uma monstruosidade da natureza ou, como suspeitava, tinha diante de si o mais incrível descobrimento da misteriosa anatomia feminina?

Foi naqueles dias, durante sua estada em Florença, que o anatomista registrou as primeiras notas que conformariam o vigésimo sexto capítulo do seu *De re anatomica*. Dia após dia, descrevia em seu caderno a evolução da enferma.

"*Processus igitur ab utero exorti id foramen, quod os matricis vocatur illa praecipue sedes est delectionis, dum venerem exercent vel minimo digito attrectabis, ocyus aura semen hac atque illac pre voluptate vel illis invitis profluet.*"

Primeiro dia:

"Essa pequena protuberância, que surge do útero perto da abertura denominada boca da matriz[1], é sobretudo a sede do deleite da enferma; quando tem atividade sexual, ao friccionar-se o órgão com um dedo o sêmen[2] flui de um lado para o outro mais rápido que o ar, por causa do prazer, mesmo se ela não se o propuser."

Segundo dia:

"Esse pênis feminino[3] parece concentrar em si toda manifestação do prazer sexual, em detrimento dos órgãos internos, que não apresentam excitação algu-

1. Naturalmente, sabe-se hoje que o órgão em questão não surge da matriz, fato que anota Thomas W. Laquier em seu artigo sobre Mateo Colombo "Amor veneris, vel Dulcedo Apeleteur", em *História do corpo humano*, editora Taurus.

2. Note-se que escreve "sêmen", atribuindo ainda ao órgão um caráter eminentemente masculino.

3. É, pelo menos, enigmático o modo como menciona isso, já que "pênis feminino" pareceria uma primeira tentativa de universalizar aquela "anomalia", como irá dizer mais adiante; contradição que denuncia o desconcerto dessas primeiras notas.

ma diante dos estímulos. É digno de nota que esse órgão se levanta e decai como uma vara antes e depois da cópula ou da esfregação."[4]

Terceiro dia:

"Essa parte se encontrava dura e oblonga quando a descobri em meu primeiro exame, e branda e pendente depois da esfregação, quando a enferma atingiu o frenesi venéreo.

"O repouso dura pouco tempo, erguendo-se novamente no curso de algumas horas depois das esfregações, não apresentando a enferma apetite sexual, nem frenesi, nem mostrando-se incitada ao prazer ou com apetência de homem ou afeição à vara. Em compensação, toda vez que o apêndice se levanta a enferma apresenta fisionomia triste, enjôos e sufocos que só cessam depois da esfregação e do frenesi venéreo."

Quarto dia:

"A enferma melhora. Não sofre de tristezas nem sufocos e os enjôos são menos freqüentes. O órgão permanece durante mais tempo em repouso e menos inflamado, tal como se todos os seus padecimentos dependessem dele. Chamarei essa anomalia de Amor ou Prazer de Vênus (*Amor Veneris, vel Dulcedo Apeleteur*)."

Quinto dia:

"É notável que desse órgão pareça depender o amor da enferma, e sua disposição e vontade, e por

4. Esta anotação é quase literal em relação à de Jane Sharp, que no século XVII escreveu: "... levanta e decai como uma vara e faz com que as mulheres fiquem excitadas e desfrutem na cópula".

esta causa me é dado supor que quem exercer o domínio sobre essa pequena vara exercerá o domínio sobre a sua disposição e a sua vontade, posto que a enferma se conduz em relação a mim como uma pessoa apaixonada, mostrando-se inclinada a satisfazer-me em tudo o que me apetecer. O órgão parece ser a sede do amor e do prazer da enferma. Essa espécie de entrega não depende de qualquer atributo que não seja o de saber esfregar com arte e acerto e conhecer as carninhas sensíveis, como a glande e a crista inferior da parte alongada."

E, com efeito, o anatomista sabia tirar partido da sua "arte" e do seu "acerto". Mateo Colombo não tinha nenhum pudor em lamentar o seu magro salário como catedrático; queixava-se diante de Inês tal como o seu xará de Gênova diante da rainha: "E pensava no pouco que me renderam os vinte anos de serviço: em minha terra não possuo nem uma telha; se quiser comer ou dormir, na pousada, na taverna, às vezes me falta até mesmo a prata para pagar o escote. O pesar me arranca o coração." Assim lamentava-se o anatomista para a sua paciente. E a alma de Inês, que era misericordiosa e caridosa, partia-se de piedade.

– Quinhentos florins vos bastam? – perguntava, envergonhada como quem dá uma mísera esmola.

Então, às noites, após contar cada moeda dos seus "honorários", o anatomista registrava:

"Quanto mais se avança na terapêutica, mais cativada mostra-se a vontade da enferma, cuja disposição e obediência pareceriam não ter limites nem tope."

E na realidade o anatomista, depois de cada sessão, parecia não ter limite nem tope. Não perdia uma oportunidade para queixar-se amargamente do seu infortúnio.

– Quinhentos florins vos bastam? – perguntava Inês, cheia de pudor.

Toda a paixão que dedicava a Deus recaiu por completo na figura do anatomista. Os versos que Inês escrevera outrora à Glória do Todo-Poderoso tinham agora um novo destinatário. À noite, deitava-se pensando no anatomista; com o anatomista sonhava; e o nome do anatomista seus lábios pronunciavam quando acordava de manhã. Toda a sua antiga paixão pelos pobres, toda a sua misericórdia e fervor tinham um único nome.

Até que um dia chegou a hora da partida. A saúde de Inês de Torremolinos estava, a juízo do seu médico, completamente restabelecida. De modo que não havia motivo para permanecer por mais tempo em Florença. O abade agradeceu calorosamente os serviços do *chirologi* e de seu discípulo.

A doença de Inês tinha, agora, um nome: Mateo Realdo Colombo.

Enquanto cavalgava de regresso a Pádua, o coração do anatomista batia com a força da ansiedade. Intuía que uma coisa gloriosa acabava de ocorrer em sua vida.

Em terras da Vênus

I

"Cariay, Veragua. As minas de ouro, a providência onde há ouro infinito, onde as gentes o empregam como enfeites nos pés e nos braços, e nele se forram e guarnecem as arcas e as mesas! As mulheres ostentavam colares pendurados da cabeça até o dorso. A dez jornadas encontrava-se o Ganges. De Cariay a Veragua é tão perto como de Pisa a Veneza. Eu já sabia de tudo isso: por Ptolomeu, pela Sacra Escritura. É o lugar do paraíso terreal...", poderia ter escrito Mateo Colombo, como seu xará genovês escrevera à rainha. "Oh, minha América, minha doce terra encontrada", foram as sete palavras que melhor descreveram a epopéia de Mateo Colombo.

O anatomista não tardaria a compreender que aquela estranha doença, aquela monstruosa deformidade, era, a rigor, como as Índias Orientais. De regresso a Pádua examinou um total de cento e sete mulheres, entre vivas e mortas. Para seu estupor, em todos os casos pôde comprovar que aquela "vara" que descobrira em Inês de Torremolinos existia, "diminuta e oculta por trás das carnes dos lábios", em todas as mulheres. E entendeu, eufórico, que o comportamento da pequena protuberância não era em nada diferente de como se apresentava no corpo e na vontade de Inês de Torremolinos. O anatomista, extraviado em sua própria euforia, havia encontrado a chave do amor e do prazer. Não conseguia explicar como aquele *dulce tesoro* passara impercebido durante séculos, não entendia como gerações de sábios, de anatomistas do Oriente e do Ocidente jamais haviam notado aquele diamante que aparece à primeira vista, bastando para isso afastar um pouco as carnes da vulva.

"Oh, minha América, minha doce terra encontrada", escreveu o anatomista na abertura do capítulo XVI do seu *De re anatomica.* E o que vinha a seguir era uma sinfonia épica.

Entre ais e meus amores, o anatomista acariciava os limites das terras novas; assim como aquelas índias cobreadas que saíam das tripas do verde se ofereciam aos deuses barbados, metade homem, metade besta, as terras novas obsequiavam-se ao novo Amo da Pátria de Vênus. Assim andava ele, explorando a genital folhagem, a espada na destra, as Escrituras na sinistra, e no pescoço, a cruz. Avançava terra adentro, e um dia Deus lhe disse: "Dai nome às coisas", e então, em seu diário, ao final de cada jornada, anotava: "Se me é permissível dar nome às coisas por mim descobertas...", e então nomeou as coisas. E assim andava ele, circunavegando a criação da sua própria costela.

Entre ais e meus amores, beijava a areia das terras novas, e fincava bandeiras, e não havia palavras para nomear tanta novidade. Não havia que combater índios bravios nem inimigos. Bastava apontar e dizer "isto é meu" que, com a gema de um dedo, de um dedinho (*minimo digito*) – Sábio e Perito –, abriamse as folhagens para que Sua Majestade entrasse.

E assim andava ele, nomeando e fazendo para si o que era de si, como de Adão era a costela. Quanta doce gentileza! E assim haveria de apresentar as coisas ao mundo: "Isto, amabilíssimo leitor, é antes de mais nada a sede do amor nas mulheres", dizia, apontando para os limites das terras da Vênus.

Levantava âncoras e embicava a proa em direção aos canais e arquipélagos que homem algum havia pisado, e em sua passagem, com o indicador para o alto, dizia: "Tocando vigorosamente com um dedinho (*minimo digito*), o sêmen flui de um lado para o outro mais rápido que o ar, por causa do prazer, mesmo sem que elas o queiram", e então era o Amo e Senhor das femininas marés. As águas podiam abrir-se ou fechar à sua passagem. Era Dono, Patrão e Soberano da vontade de Vênus e, mesmo sem que ela o quisesse, caía escrava do Supremo.

E assim ia nomeando de Norte a Sul. Tanto faz chamá-lo de *matriz, útero* ou *vulva,* dizia, e continuava nominando.

O centro da sua América tinha por certo um nome: Mona Sofia. Ele não precisava percorrer o mundo procurando a erva que cativasse aquele pérfido coração. Não tinha que invocar deuses nem demônios. Não tinha, sequer, que fazer galanteios ou se preocupar com a sedução. Ali, ao alcance da mão, e sem outro esforço além do que implicava friccionar com sabedoria e perícia, tinha a chave das portas do coração das mulheres. Havia encontrado a razão anatômica do amor. Caminhava por onde nenhum homem havia estado jamais. Aquilo que desde o começo da humanidade os feiticeiros, as bruxas, os governantes, os dramaturgos e, enfim, qualquer mortal apaixonado havia procurado, ele, o anatomista, ele, Mateo Realdo Colombo, encontrara. Agora sim, sob o seu dedo indicador, Sábio e Perito, tinha para si a terra que se havia prometido: Mona Sofia.

E haveria de chegar mais longe. Se a alma das mulheres era um reino que nem com todos os exércitos do mundo podia ser submetido, a razão era tão simples e evidente que, por sua própria transparência, ninguém tinha visto: o *Amor Veneris*, origem do amor feminino, era a prova irrefutável da inexistência da alma nas mulheres. E assim iria fundamentá-lo em seu *De re anatomica.*

Mas como aquele que se aventura nos vales interiores dificilmente encontra o caminho de regresso, o anatomista haveria de perder-se definitivamente no coração da selva da sua própria costela.

II

O capítulo XVI do seu *De re anatomica* foi uma epopéia, um canto épico. No dia 16 de março de 1558, Mateo Colombo, como exigiam os estatutos da Universidade para que uma obra pudesse ser dada a público, apresentou ao reitor o seu livro terminado, um caderno de cento e quinze fólios, acompanhado de sete ilustrações anatômicas – das obras mais belas produzidas no Renascimento – pintadas a óleo por sua própria mão, nas quais expunha os mapas do seu novo continente: o *Amor Veneris.*

A 20 de março do mesmo ano, Alessandro de

Legnano irrompeu no claustro de Mateo Colombo acompanhado pelo pároco da Universidade e dois guardas de *corps*. O reitor leu a resolução do Superior Tribunal que aceitava o pedido de Alessandro de Legnano para que se formasse uma comissão de Doutores a fim de examinar as atividades do catedrático e decidir sobre as acusações: heresia, blasfêmia, bruxaria e satanismo. Todos o seus manuscritos foram expropriados, assim como o sem-número de pinturas que jaziam empilhadas contra a parede.

Que Mateo Colombo tenha se livrado de ser confinado numa cela do cárcere de Santo Antônio não deve ser atribuído à benevolência das autoridades, mas ao afã de que o processo não fosse dado à publicidade antes do veredicto da comissão. O anatomista foi informado de que, segundo a última bula de Paulo III sobre as comissões doutorais, que as elevava à categoria de tribunal supremo em matéria de fé, e lhes conferia faculdades ambulatórias, o processo haveria de dar-se na própria Universidade. O tribunal seria presidido pelo cardeal Caraffa em carne e osso e um delegado do cardeal Álvarez de Toledo.

TERCEIRA PARTE

Os fatos do processo

Chove

I

Mateo Colombo, sentado à sua escrivaninha, contempla a chuva cair do outro lado da minúscula vigia que coroa a breve cabeceira da sua cama. Chove sobre as dez cúpulas gêmeas da basílica e sobre a pradaria que se funde na linha incerta do horizonte. Chove uma chuva fina, que mal chega a molhar. Chove uma chuva mansa e persistente, que acossa como um pensamento ruim ou como uma dúvida. Como uma idéia. Como um segredo. Chove, parece uma chuva de séculos. Chove uma chuva piedosa, descalça. Chove uma chuva franciscana. Chove com a mesma materialidade leve de que são feitos os pés do santo sobre os tetos, sobre os pássaros. Chove, como sempre, sobre os pobres. Chove, lenta mas insistentemente, uma chuva que, de tanto cair, irá remover os pés marmóreos dos santos pétreos, obscurantistas. Não há de ser nem hoje nem amanhã. Mais um momento, mais uns dias, arderão as tochas negras, as brasas das fogueiras. E chove. Chove uma chuva mansa, insistente; como uma advertência ou um augúrio. Chove uma chuva amável, piedosa, que pelo menos refresca a chaga na carne queimada. Chove uma garoa, cheia de zumbidos, sobre os camponeses que dão de comer ao abade, e chove sobre a estola de Paulo III. Chove sobre o Vaticano. E chove, também, uma chuva morna, ansiada; gotas que são pequenas varas fálicas a se infiltrar sob o cerrado decote das religiosas. Chove uma chuva germinal. Uma chuva italiana.

Mateo Colombo observa a chuva nova a cair. Chove, e então, das entranhas da lama, exumam-se os tesouros da Antigüidade. Chove uma chuva arqueológica. Ali, debaixo dos pés, surge o antigo esplendor. Chove, e de tanto chover termina-se removendo o solo histórico que vomita mármores, livros, moedas. Tudo o que permanece na superfície torna-se, em comparação, trivial e, sobretudo, vulgar. Debaixo do emaranhado de ruas feitas pelo mero acaso do trafegar, debaixo dos vilarejos miseráveis, a água despe o Antigo e Esplendoroso Império que será exumado. Chove, e das tripas da terra surge o Bom, o Belo e o Verdadeiro. Chove, e de tanto chover se desfazem na lama os *condottieri* e, em seu lugar, torna a elevar-se o espírito de Cipião, de Fávio.

Expulso da sua doce terra encontrada, do seu paraíso; exilado no seu claustro, longe, muito longe da sua "América", da sua Pátria, Mateo Colombo contempla a chuva.

O anatomista observa cair aquela chuva que, a menos que se dê um milagre, haverá de ser a última.

II

No dia 25 de março do ano de 1558, precedida por cinco cavaleiros e sucedida por outros cinco guardas de *corps*, chegou a Pádua a comissão presidida pelo cardeal Caraffa e o delegado pessoal do cardeal

Álvarez de Toledo. As eminências foram alojadas na Universidade e decidiram dedicar três dias a examinar os pormenores do caso, antes de dar começo ao processo. O reitor ofereceu a Suas Eminências o recinto da sala de anatomia para constituir o Tribunal, mas aos olhos dos visitantes aquilo era amplo demais para tão pequena audiência; o Tribunal seria integrado por três juízes: o cardeal Caraffa, o presbítero Alfonso de Navas – delegado pessoal do cardeal Álvarez de Toledo – e um representante do Santo Ofício de Pádua. A acusação ficaria por conta do próprio reitor, e a defesa só contaria com a alegação do próprio réu. Também deviam levar-se em conta duas ou três testemunhas. De modo que Suas Eminências consideraram mais do que suficiente o espaço de uma sala comum.

III

A 28 de março do ano de 1558 iniciou-se o processo. Segundo as formalidades do caso, o Supremo Tribunal haveria primeiro de tomar o depoimento das testemunhas de acusação; em segundo lugar, seria ouvida a imputação do acusador; e, finalmente, a alegação do acusado. Entretanto, o tribunal não achou conveniente a presença de pessoas alheias à assembléia e considerou mais de acordo com a prudência que as testemunhas declarassem por escrito, mediante a ata de um notário. Segundo tais procedimentos, o próprio notário da Universidade, Dario Renni, colheu os testemunhos que haveriam de ser expostos.

Declaração das testemunhas

PRIMEIRO TESTEMUNHO

Declaração de uma meretriz que diz ter sido enfeitiçada pelo anatomista

De pé ante os juízes, Dario Renni leu o primeiro testemunho.

Eu, Dario Renni, tomei e registrei o depoimento de uma hetaira dos altos da Taverna dil Mulo, *que diz chamar-se Calandra, contar com dezessete anos e habitar naqueles mesmos antros.*

A declarante afirma que, no dia quatorze do mês de junho de mil quinhentos e cinqüenta e seis, um homem de olhar feroz chegou-se aos altos da taverna e solicitou serviços. Foram-lhe mostradas todas as pupilas da casa e decidiu coabitar com uma chamada Laverda. A declarante afirma que o homem retirou-se com ela aos aposentos, havendo pagado tarifa inferior, posto que era puta velha e um pouco doente; que mais tarde o visitante saiu da alcova sem a companhia da meretriz e despediu-se da casa com pressa.

A declarante afirma que sentiu aguda preocupação pela outra pupila, eis que ela não saía do aposento e nenhum barulho vinha da alcova. Afirma a declarante que, como a outra não aparecesse, chegou-se até o aposento e, junto ao leito, viu-a jazente. Afirma a declarante que a princípio pensou que o homem fosse um cliente inconformado que teria se vingado da outra por fazer mal o seu ofício e ser velha e desdentada. Mas viu que ela respirava e não tinha ferida, nem de lâmina, nem de porrete.

Afirma a declarante que quando a outra acordou do desmaio, referiu-lhe o ocorrido; que o cliente lhe dera a vara para lamber, e quando o fez viu que ele era o diabo que pedia por seu amor e por sua alma. Afirma a declarante que a outra referiu-lhe que esteve pelos rios de Caronte, vendo demônios fornicadores que lhe enfiavam varas de bom tamanho por todos os orifícios do corpo, por ser mulher de má vida.

Afirma a declarante que não deu crédito à outra hetaira, por ser puta já muito velha que padecia de loucura venérea.

Porém, na semana seguinte, apareceu-se de novo o visitante pelos altos da taverna a solicitar serviços, e foram-lhe mostradas todas as pupilas da casa e dessa vez ele decidiu-se pela declarante, que era puta cara e de boa carnadura. Afirma a declarante que o cliente era homem de fina estampa e olhar feroz, que era muito do seu gosto e que o atendeu de bom grado e sem protesto.

Afirma a declarante que o visitante subiu-se as roupas por cima da cintura e lhe pediu que se servisse da sua vara, que estava dura e levantada. Afirma a declarante que o fez como manda o ofício: com arte e engenho, e que, fazendo-o, caiu presa do feitiço e se amaldiçoou por não haver dado crédito às palavras de Laverda.

Afirma a declarante que aquele era o próprio diabo a pedir por seu amor e por sua alma, que viu toda espécie de demônios obedecendo ao maldito, e que todas aquelas bestas de semblante feroz submetiam-se ao seu amo, metendo suas gigantescas varas dentro do olho do cu da declarante, que sofria de grande tormento. E ouvia o amo das bestas dizendo que lhe desse seu amor e sua alma para que o grande suplício cessasse. Afirma a declarante que o amo das bestas do inferno pedia-lhe o seu amor por ser uma mulher ruim; que sua alma lhe pertencia porque ele fazia do pecado da carne o seu sustento. Afirma a declarante que se negou, apesar dos tormentos, a dar-lhe o seu amor, porque havia recebido sacramentos, e com Deus era o seu amor e com Deus era a sua alma.

Havendo-lhe sido mostrado o anatomista, Mateo Realdo Colombo, a declarante afirma que aquele era o homem.

SEGUNDO TESTEMUNHO

Declaração de um caçador que diz ter visto o anatomista em companhia de bestas demoníacas

Eu, Dario Renni, notário da Universidade de Pádua, tomei e registrei o depoimento de quem diz chamar-se A., ter vinte e cinco anos e morar na chácara com a esposa e quatro filhos.

O declarante afirma que, estando a caçar nos bosques próximos à abadia, viu um homem caminhando em companhia de um corvo. Que o homem tinha um grande saco pendurado no ombro e nele guardava os animais mortos que recolhia na passagem, conduzido pelo corvo. O declarante afirma que tal atitude chamou sua atenção e, movido por curiosidade e temor, decidiu segui-lo sigilosamente, eis que aquele homem parecia ser o próprio diabo. O homem caminhou até uma velha cabana ruinosa e abandonada, em cujo interior esvaziou o repugnante conteúdo do saco. O declarante afirma que viu, por trás da janela, como o homem dava de comer ao corvo daquela carniça. O declarante viu sobre a mesa, horrorizado, umas bestas espantosas: um cão com penas de pavão junto a um gato com escamas de peixe. Que, depois de tocá-los, aqueles demônios adquiriam vida e se agitavam e se moviam como loucos.

Havendo-lhe sido mostrado o anatomista, o declarante afirma que o homem que viu é Mateo Realdo Colombo.

TERCEIRO TESTEMUNHO

Declaração de uma camponesa que diz ter sido enfeitiçada pelo anatomista

Eu, Dario Renni, notário da Universidade de Pádua, tomei e registrei o depoimento de quem diz chamar-se B., contar com dezessete anos e ser esposa de A.

A declarante ocupa junto com seu marido a chácara limítrofe com a Casa Maior. A quinta é administrada por C., que dá fé do antedito.

A declarante afirma, sob juramento, conhecer o Mestre Mateo Realdo Colombo, de quem deu fiel descrição. Diz ter conhecido o seu claustro na Universidade, do qual, também, forneceu leal detalhe.

Questionada sobre como conhecera o anatomista, a declarante afirma que o viu pela primeira vez junto ao frei D., nas proximidades da Casa Maior, do outro lado das sebes que limitam as terras senhoriais e a sua chácara-

ra nas terras tributárias. A declarante afirma que após uma extensa caminhada, que incluiu os arredores das oficinas, a cozinha, o forno, o celeiro e o estábulo, dentro do perímetro do fics, *o frade e o anatomista se despediram. Um caminhou até a Casa Maior e perdeu-se do outro lado das sebes. O outro avançou em direção ao forno em que a declarante assava pão e perguntou-lhe pelo seu senhor, depois de se apresentar pelo nome. A declarante afirma que, como o anatomista pedira, foi buscar seu marido, que se encontrava labutando na reparação da abadia, pois que era dia de trabalho de favor. A declarante afirma que o visitante falou longamente com o seu marido, e que as aparências lhe indicavam, posto que não podia ouvir o diálogo, que o objeto da conversa era a própria declarante. Afirma que o marido saiu em busca do administrador e que, depois, os dois últimos ficaram falando a sós. A declarante afirma que viu como o anatomista pagava em dinheiro ao administrador e que o administrador deu permissão à declarante para sair da chácara em companhia e sob os cuidados do visitante, Mateo Realdo Colombo.*

Afirma a declarante que, de forma sub-reptícia e noturna, foi levada aos porões da Universidade e que, rodeada de mortos, o anatomista pediu-lhe que se despisse e se deitasse numa fria mesa de mármore. Afirma a declarante que o médico obrigou-a a separar as pernas e que, assim fazendo, introduziu um demônio dentro do seu sexo. Afirma a declarante que em meio ao prazer e ao êxtase, dos quais não se pôde furtar porque o demônio que estava em seu sexo lhe prodigava imenso deleite, o qual, de resto, jamais havia sentido, o anatomista ordenou ao filho da Besta que apaixonasse a alma da declarante e que seu corpo ardesse como o fogo de uma grande caldeira. Afirma a declarante que se apaixonou por aquele demônio feroz e pelo amo que o animava ao redor do seu sexo, a guiá-lo com um dedo. Afirma a declarante que desde aquele dia não pôde mais sentir deleite na vara do seu marido, pois que seu corpo era presa daquele demônio feroz.

A ACUSAÇÃO

ALEGAÇÃO INCRIMINATÓRIA

Acusação de Alessandro de Legnano a Mateo Colombo ante a comissão de Doutores da Igreja

Assistimos à volta do demônio a esta Terra. Podeis vê-lo onde quer que seja. Para onde quer que gireis a cabeça, não vereis mais que a sua mísera obra. Assistimos à conclusão da profecia de São João, quando teve a visão do anjo a acorrentar o demônio e condená-lo a mil anos de desterro no abismo. Hoje, mil anos depois, o diabo regressa. Está entre nós. Olhai! Olhai ao vosso redor! Hoje todos exumam os deuses antigos. Iremos porventura substituir Santa Maria por Vênus? Voltaremos porventura a adorar Baco e enterraremos São João Batista? Basta olhar para as igrejas: todas repletas de antigos deuses pagãos! Por isso vos digo: o que se pode esperar da humanidade se a casa de Deus converteu-se em casa do demônio? Escutai, simplesmente, as vulgaridades que se falam nas praças e nas feiras e dizei-me em que se diferenciam esses mexericos da prosa dos novos "literatos" que chegam a ignorar o latim e o grego: indolência, leviandade de consciência, historietas vulgares, chistes e toda espécie de obscenidades, eis o que chamam hoje de literatura. Alerta! O demônio está entre nós. É a hora da rebelião do filho contra o pai, do discípulo contra o mestre. Tendes que ver a horda de pequenos anato-

mistas da Universidade que presido: negaram-se até a jurar pela magistral palavra do catedrático. Ninguém escuta mais em silêncio respeitoso, e chegam a zombar de nós em nossas próprias ventas. Se vísseis com que leviandade fala-se de Deus, com a mesma gélida distância com que se fala da germinação dos legumes. Qualquer um agora se declara ateu como quem declara a preferência por um prato em vez de outro! Digo-vos: Alerta! O diabo libertou-se de seu cativeiro e está entre nós.

Hoje, o diabo vestiu o saio da ciência. Hoje, os falsos profetas proclamam-se cientistas e artistas. Será que haveremos de esperar de braços cruzados que um belo dia os novos pintores, escultores e anatomistas substituam o nosso Senhor Jesus Cristo e ergam a imagem de Lúcifer em fino mármore sobre os púlpitos?

De nós, cristãos, depende agora saber distinguir a Verdade da farsa.

Acuso o réu de perjúrio, posto que transgrediu o seu juramento. Lembro-vos dos votos que se comprometeu a observar no dia em que recebeu os títulos de médico:

"Juro por Deus, pondo-o como testemunha, que darei cumprimento na medida das minhas forças e segundo o meu parecer a este juramento e compromisso: ter para com quem me ensinou esta arte igual estima que para com meus progenitores, dividir com ele meus haveres e tomar a meu cargo suas necessidades, se lhe fizer falta; considerar seus filhos como meus irmãos e ensinar-lhes esta arte, se tiverem necessidade de aprendê-la, de forma gratuita e sem contrato; tomar a meus cuidados a preceptoria, a instrução oral e todos os outros ensinos dos meus filhos, dos filhos do meu mestre e dos discípulos que hajam firmado o compromisso e estejam

submetidos por juramento à lei médica, porém a ninguém mais. Farei uso de regime dietético para auxílio ao enfermo, segundo a minha capacidade e reto entendimento; do dano e da injustiça o preservarei. Não darei a ninguém, mesmo que viesse a me pedir, nenhum fármaco letal, nem farei semelhante sugestão. Em pureza e santidade manterei minha vida e minha arte. Em qualquer casa que entrar, acudirei, para assistência ao enfermo, desprovido de todo agravio intencionado ou corrupção, em particular de práticas sexuais com as pessoas, sejam homens ou mulheres, escravos ou livres. O que vir ou ouvir no tratamento, ou mesmo fora dele, em relação à vida dos homens, tudo aquilo que jamais deva transcender, calarei, tomando-o por segredo. Em conseqüência, seja-me dado, se a este juramento eu for fiel e não o quebrantar, gozar da minha vida e da minha arte, sempre celebrado entre todos os homens. Mas se porventura o transgredir e cometer perjúrio, seja de tudo o contrário."

Acuso o réu de perjúrio, pois que faltou a cada palavra do seu juramento, desonrando e profanando o ofício para o qual foi instruído nesta Casa.

Acuso o réu de satanismo e bruxaria. Tudo o que eu possa dizer-vos é pouco diante das provas que o próprio réu vos oferece: haveis ouvido a declaração das testemunhas; haveis lido tudo o que figura em atas; e haveis visto as pinturas que o réu fez com suas próprias mãos. Mas a prova mais conclusiva é a própria palavra do acusado. O descobrimento que ele reivindica não passa de um diabólico embuste. De que outra forma pode-se qualificar o pretenso Amor Veneris*? O acusado atribui-se haver encontrado o órgão que governa a vontade, o amor* *e o prazer nas mulheres, como se a vontade da alma e o prazer do corpo pudessem ser colocados em pé de igualdade. De que outro modo senão "diabólico" pode ser chamado quem pretende encumear o Diabo nas alturas de Deus?*

Com relação ao estritamente anatômico, o que é o pretenso Amor Veneris? *Palavras, nada mais que palavras. Podeis buscar e rebuscar nos genitais femininos, e não encontrareis nenhum* Amor Veneris, *nenhum órgão que já não tenha sido descrito por Rufo de Éfeso, por Avicena ou por Júlio Pólux. Talvez o* Amor Veneris *seja a* nymphae *que Berengário menciona ou o* praputio matrices *descrito, já no século X, pelo árabe Haly Abbas. Digo-vos então: palavras, nada mais que palavras. Ou quem sabe o "descobrimento" do acusado seja o* tentigenem *referido por Abulcasis? Palavras, diabólicas palavras.*

Mas deixarei a minha acusação a cargo do próprio réu. Escutai sua defesa, e achareis em suas próprias palavras as provas do que vos digo.

A DEFESA

I

Três de abril foi o dia fixado para que o acusado apresentasse a sua alegação. Mateo Colombo ingressou na sala onde o supremo tribunal se constituíra sem outra companhia além da própria convicção. Usava um *lucco* de lã, a estola sobre os ombros e uma *foggia* cobrindo-lhe a cabeça e a metade da testa, que só tirou diante do estrado. À destra dos juízes estava seu acusador, o reitor Alessandro de Legnano. O cardeal Caraffa lembrou-lhe as imputações que pesavam contra a sua pessoa e, cumprida essa formalidade, foi-lhe ordenado que desse imediato início à sua alegação.

Todos os olhares convergiam para a sua pesarosa estatura. De pé diante do júri, não encontrava as palavras; a rigor, tinha ensaiado tantas formas durante o cativeiro que agora não acorria nenhuma em seu auxílio.

II

Alegação de Mateo Realdo Colombo diante da comissão de Doutores da Igreja

Embora as circunstâncias não pareçam as melhores nem as mais apropriadas, quero primeiro dizer-vos que representa uma grande honra para a minha humilde pessoa que Vossas Excelências vos digneis a prestar atenção ao que haverei de expor. E se vos digo isso, o faço na íntima convicção de que, em circunstâncias menos apremiantes que as que o destino me deparou, vós mesmos haveríeis acolhido de bom grado a minha obra e o meu descobrimento sob vossa inestimável proteção. Sou daqueles que acreditam que as questões relativas ao corpo devem ser demonstradas, antes, de maneira teológica, pois que nada existe fora de Deus. Meu ofício, o da anatomia, consiste em decifrar a Obra do Todo-Poderoso e, desse modo, adorá-Lo. Vós, teólogos esclarecidos, sabeis não só pela fé, mas também pela razão. Nem uma só palavra dentre as que haveis lido em minha obra tem outra razão que não a fé. Quero dizer-vos com isto que as Sagradas Escrituras não são mero papel impresso; cada vez que me é dado examinar um corpo, vejo nele a Obra do Altíssimo e em cada átimo daquele corpo posso ler a Sagrada Palavra, e minh'alma se comove.

Antes de expor minha alegação, quero dizer-vos que não perco a esperança de que vós, ao escutar minhas palavras, tomeis sob a vossa sábia proteção o descobrimento que me foi dado estabelecer e o testemunho que minha De re anatomica *constitui.*

Entendo que algumas das minhas afirmações, postas na boca do meu acusador, possam parecer-vos não mais do que aventuradas quimeras. De minhas considerações anatômicas podem ser deduzidos certos outros conceitos concernentes à moral. Quero dizer-vos: apresentar uma tese sobre o corpo implica, por força, outra sobre a alma. Meus descobrimentos são anatômicos; se a exposição das funções dos órgãos que descrevo e aos quais atribuo determinadas funções conduz a uma doutrina metafísica, pois então deixarei aos filósofos depreender uma de outra. Eu, modestamente, não passo de um humilde anatomista cujo único propósito é interpretar a obra do Altíssimo e, dessa maneira, louvá-Lo.

Adianto-me a dizer-vos, pois, que, tal como estou convencido de que assim o interpretareis quando eu concluir minha alegação, nada do que está escrito em minha De re anatomica, *nem nada do que irei vos expor, contradiz as Sagradas Escrituras, e que, pelo contrário, sempre me inspirei na Verdade que delas surge.*

Permiti-me que divida o meu discurso, para ordenar a exposição e para que esta resulte inteligível, em dezenove partes.

PARTE PRIMEIRA

De por que a kinesis *não é um atributo da alma e sim do corpo*

Permiti-me, então, fazer um pequeno rodeio por certas questões atinentes ao corpo e a suas funções elementares, e deixai que eu vos exponha algumas das relações que pude estabelecer.

O anatomista, de pé frente ao estrado, fez um longo e deliberado silêncio, procurando suscitar a maior atenção dos membros da comissão.

Concedei-me o favor de observar aqueles autômatos – disse, apontando em direção à janela, através da qual podia ver-se claramente a Torre do Relógio, e naquele preciso instante, como se fosse premeditado, começaram a soar as badaladas –, *olhai o movimento daqueles homens de bronze* – insistiu, e não apenas conseguiu incitar o interesse dos Doutores, mas isso pareceu ter acontecido pela mera vontade do expositor –, *olhai aqueles homens que batem nos sinos e observai, também, o relógio que flanqueiam, pois é disso que quero falar-vos: do movimento. Começarei dizendo que aquela máquina precisa, pontual, não difere em absoluto do princípio que governa o movimento do corpo de cada um de nós.*

Como aqueles autômatos, estamos feitos de matéria e essa matéria responde a uma forma. E, do mesmo modo que eles, a matéria está animada por alguma forma de kinesis *que imprime o movimento. Eis um ponto limite entre a anatomia e a filosofia, pois pareceria que a pergunta por aquilo que governa o movimento do corpo implica, de fato, uma resposta metafísica.*

– Sabido é que a alma governa os movimentos do corpo, não nos dizeis nada de novo...

Pois me estais obrigando a adiantar-me. Direi apenas que lamento ter que contradizer-vos, porém, a meu juízo, nada da alma intervém nessa mecânica, assim como nenhuma alma governa o movimento daqueles autômatos do relógio. Mas suplico que me deixeis continuar na ordem que tinha previsto. Antes de dar-vos o meu ponto de vista sobre a alma, quero expor-vos um achado feito por mim e que, afortunadamente, ninguém pôs em questão. Falo do meu descobrimento sobre a circulação pulmonar. Descrevi de que maneira o sangue, comprimido nas concavidades do coração quando este se dilata, busca uma saída para um lugar maior e passa, com força, da concavidade direita para a veia arterial e da concavidade esquerda para a artéria maior. Quando, após a dilatação, o coração torna a contrair-se sobre si, entra sangue novo da veia cava na cavidade direita, e da veia esquerda na cavidade esquerda. À entrada dos quatro canais existem pequenas carnes que só permitem entrada de sangue pelas duas últimas e saída apenas pelas primeiras.

PARTE SEGUNDA
Dos fluidos cinéticos

Muito bem, deixai-me expor como se movem as partes do corpo e vereis como o governo da kinesis *muscular não depende em absoluto da alma, mas do próprio corpo. Permiti-me que vos apresente uns minúsculos corpúsculos que habitam no sangue e que chamei de "fluidos cinéticos".*[1] *Esses fluidos, que se movem a grandes velocidades, passam do sangue que vem do cérebro aos nervos que se ligam à musculatura. Os músculos só conhecem duas formas de movimento: a contração e a dilatação. E para que um músculo se estire, deve haver um oposto que se contraia, e ambos, em diferentes proporções, devem ter recebido esse fluido proveniente do cérebro. Não estou falando de nenhuma causa metafísica, posto que esses fluidos cinéticos, como já disse, são feitos de substância. E é precisamente essa substância o que enche ou esvazia os músculos, circulando dentro deles e passando de uns a outros, dilatando-os e contraindo-os. Devo dizer-vos, contudo, que o que acabo de descrever é apenas o princípio da* kinesis; *mas tenho ainda*

1. Os fluidos cinéticos que Mateo Colombo descreve são surpreendentemente análogos ao que Descartes chamará "espíritos animais" no *Tratado das paixões*. Não seria de estranhar que o filósofo francês houvesse se inspirado em Mateo Colombo.

que ilustrar-vos como se constituem os nervos, que são os que dirigem essa mecânica de modo a que se dê de forma ordenada e não caótica. A exposição a seguir será, também, minha defesa ante o que foi declarado por uma das testemunhas de Vossa Excelência – disse, dirigindo-se ao reitor –, *em cujo depoimento sou acusado de fazer-me acompanhar, Deus me livre e guarde, por bestas demoníacas.*

PARTE TERCEIRA
Das bestas demoníacas

O anatomista caminhou até a sua cadeira e retornou ao estrado com uma saca ao ombro.

Esta é a saca que o caçador viu – disse, levantando-a em direção à comissão –; *efetivamente, não constitui segredo para ninguém que todas as manhãs vou ao bosque vizinho à chácara para recolher peças de animais, que depois secciono e disseco a fim de examiná-las. Mas não quero distrair-vos do que estava expondo. Permiti-me que ilustre o que acabo de explicar-vos sobre o movimento* – disse, e imediatamente pôs-se a desatar o nó da saca. Nesse momento, o caçador que havia apresentado o testemunho, e que permanecia sentado na sala junto às demais testemunhas, levantou-se e, em tom nervoso, pediu permissão para se retirar, coisa que naturalmente lhe foi negada. Os Doutores olhavam para o anatomista não sem uma certa evidente preocupação em relação ao que iria extrair da saca. Produziu-se na sala um murmúrio crescente. Mateo Colombo meteu a mão até o fundo do costal e, quando retirou seu conteúdo e o exibiu, o murmúrio converteu-se num alarido generalizado, enquanto o caçador irrompia em gritos de pânico:

– Aí tendes o demônio, é um dos que eu vi! À fogueira! Levai-o à fogueira!

O anatomista segurava pelas patas uma besta realmente horrorosa. Era uma espécie de lobo que mostrava um par de caninos imensos por trás dos belfos franzidos. Em lugar de pêlos, tinha penas vermelhas por toda a cabeça, o que lhe dava uma aparência flamígera, e o resto do corpo era recoberto de escamas douradas. No lombo apresentava duas barbatanas semelhantes às de peixe. Público, testemunhas e até juízes estavam a ponto de fugir a toda pressa quando viram a besta, no momento em que o anatomista se dispunha a colocá-la no chão, abrir um par de asas imensas e soltar uns rugidos de leão.

Mateo Colombo esteve a um triz de ser linchado ali mesmo, salvando-se porque ninguém se atreveu a aproximar-se dele, por medo de ser atacado pela besta.

Nada deveis temer. Esta é a besta que a testemunha confundiu com um demônio. Podeis comprovar que é pura matéria inerte – disse, exibindo-a para a comissão, cujos membros haviam dado um precavido salto. – *Nada pode fazer por conta própria, porque é pura substância inanimada. Eu mesmo o fabriquei. Olhai. É tão-só um lobo embalsamado, do qual tirei as peles e, no lugar deixado pelos pêlos, nos poros, inseri penas de galo e escamas de peixes pintadas. Quanto às asas e barbatanas, estão costuradas com linha e agulha.*

– Todos vimos como se mexia por própria conta e todos ouvimos o rugido.

Pois disso trata, precisamente, a minha exposição. Se me permitis, explicar-vos-ei, usando esta besta artificial, como se produz o movimento. Ninguém pensaria que aqueles autômatos que batem a hora no sino do relógio são bestas do demônio. Esta tampouco é. O princípio que governa seus movimentos é o mesmo que rege o daqueles – disse, apontando outra vez para a janela, e acrescentou: – *Olhai.*

O anatomista segurou o animal pelo lombo e, erguendo-o nos braços, manipulou uma coisa que sobressaía da sua barriga. Recolocou-o no chão e, outra vez, a sala converteu-se numa balbúrdia. A besta tinha começado a andar de cá para acolá, agitando enlouquecidamente as asas e emitindo uns rugidos terroríficos.

Não temeis. Nada vos fará.

– Detende agora mesmo essa besta do demônio! Detende-a!

Ouvindo a ordem, o anatomista pegou seu animal pelo pescoço, mexeu outra vez na barriga e bicho ficou quieto e duro como um cadáver. Mantendo-o preso pelas patas, Mateo Colombo continuou sua explicação:

Veis que a kinesis *não depende em absoluto da alma. Esta besta artificial caminha, emite sons e bate asas, de forma semelhante a um animal verdadeiro. Este animal que, obviamente, não existe na natureza, é, entretanto, uma boa, embora rudimentária, imitação do princípio que governa o movimento, inclusive em cada um dos nossos corpos. O propósito com que o fabriquei é exclusivamente provar a verdade dos minhas teorias.*

PARTE QUARTA
Dos autômatos

Explicar-vos-ei agora como funciona o meu animal. Como acabo de expor, os nervos agem sobre os músculos dando-lhes movimento – naquele instante, o anatomista exibiu, na barriga da besta, uma pequena manivela de bronze oculta entre as escamas, puxou-a, e então a barriga foi aberta por meio de uma tampa com dobradiças. – *Nossos nervos são constituídos por um par de elementos: as peles exteriores e a medula interior. As primeiras atuam como uma capa ou forro em relação à segunda. A contração muscular é simplesmente a retração dos nervos. É igual a quando puxamos a extremidade de uma corda, e o que está unido à extremidade contrária se movimenta. Assim movem-se os músculos. Nosso corpo abriga inumeráveis nervos, que dirigem os mais sutis movimentos. Eu reproduzi modestamente esse princípio com apenas vinte "nervos artificiais", construídos com fios encapados em forros de tripa, para obter vinte movimentos diferentes. O princípio não difere em absoluto da maquinária de um relógio* – disse, exibindo ao tribunal a cavidade aberta no ventre do autômato —; *aqui podeis ver a mola de espiral que se retrai sobre si mesma e que, quando se libera, transmite movimento a todas as partes móveis através das cordas de que vos falei. É verdade que se trata de uma precária imitação, mas ilustra com bastante aproximação o que tento explicar. Construí mais de dez autômatos seguindo os princípios que pude observar no comportamento dos corpos vivos e nas formas interiores dos corpos mortos.*

– Escutai como o anatomista se erige em Deus e pretende agir como o Criador – excitou-se o reitor, dando um pulo na cadeira e apontando o dedo para o acusado.

Vossa Excelência está equivocada – disse mansamente Mateo Colombo. – *Nós, anatomistas, apenas interpretamos a Obra e, à medida que conseguimos iluminar o que antes eram sombras, não fazemos outra coisa senão adorar o Criador. A ciência, como eu a concebo, é o meio para entender e então adorar a Sua criação. Minhas modestíssimas máquinas não passam de burdos arremedos em comparação com a Obra do Altíssimo, e não têm outro propósito senão tornar compreensível, ao menos, uma breve parte da Criação.*

– Palavras. Puras palavras – interrompeu o reitor. – Escutastes com vossos próprios ouvidos o reconhecimento que o acusado acaba de fazer – e, sorrindo com a metade da boca, Alessandro de Legnano prosseguiu. – O anatomista acaba de admitir que para fabricar seus espantalhos serviu-se da observação de cadáveres. Não é preciso lembrar-vos que uma Bula de Bonifácio VII, que ainda não se modificou, proíbe a dissecação de cadáveres – disse o reitor, com a convicção de que suas palavras eram incontestáveis.

Agradeço a Vossa Excelência por finalmente convir comigo em que meu animal não é nenhuma besta demoníaca, como sustentava até há pouco, e sim um inofensivo espantalho. É o que eu queria demonstrar-vos. De modo que o acusador acaba de invalidar por própria conta as palavras da testemunha.

O reitor, vermelho de ira, dessa vez não pôde articular nenhuma objeção e limitou-se a olhar para a sua testemunha com ódio feroz, como se esta fosse responsável por suas recentes palavras.

No que diz respeito à Bula que Vossa Excelência menciona, permito-me corrigir-vos; nela não se lê que "fica proibida a dissecação de cadáveres", como dizeis, e sim "fica proibida a obtenção *de cadáveres para dissecação", coisa bem diferente. Recordo-vos o motivo pelo qual, sabiamente, Bonifácio VIII vedou tais práticas, não de dissecação, insisto, mas de como eram obtidos os mortos. E Vossa Excelência não ignora que tudo começou, precisamente, na Universidade que vós agora presidis e, mais exatamente, na cátedra de anatomia que me cabe reger. Na época de que data a bula, a cátedra de anatomia era dirigida por Marco Antonio della Torre e, por certo, lembrareis dos estragos que ocasionou. Quem há de esquecer, pergunto-vos, das crônicas da época? Marco Antonio professava um ateísmo sem limites. É verdade que praticava a dissecação de cadáveres humanos sem se deter em considerações morais, delitos ou qualquer espécie de atropelos. E é verdade que ele mesmo instigava seus aprendizes a obter cadáveres como quer que fosse. Não apenas os compravam de algozes e coveiros, mas roubavam-nos dos necrotérios dos hospitais e até os retiravam, ainda quentes, das forcas da praça. Também foi dito que os tiravam dos túmulos e que eram escolhidos ainda em pé, como se fossem cordeiros para serem assados. Mas bem sabeis que não é o meu caso. Sabeis com que zelo impeço meus alunos de praticarem dissecações e que os cadáveres que utilizo para tal fim provêm somente da morgue. Por outro lado, tampouco ignorais que, antes de cortar um defunto, disseco dezenas de peças de ani-*

mais. E como vós mesmos podeis comprovar, minha "besta do demônio" nada tem de humano.

PARTE QUINTA
Dos corpos vivos e dos mortos

Até aqui descrevi de que modo funciona o corpo e, como havereis de convir, nada diferencia essa mecânica do princípio elementar que governa aqueles autômatos que veis sobre a Torre do Relógio. E digo-vos: em nada intervém a alma no movimento do corpo.

– Porventura insinuais que a *kinesis* não é um atributo da alma?

Não insinuo, afirmo categoricamente. A kinesis *não é governada pela alma. Esse erro surge da simples observação dos cadáveres. Observando um cadáver, acredita-se erroneamente que a causa da morte é apenas a ausência da alma, e no entanto eu vos digo que o calor e o movimento dependem unicamente do corpo. Basta como exemplo observar aquela besta* – disse, olhando fixamente para o reitor, e de imediato apontou para o fundo da sala, onde um gato entretinha-se esquartejando uma barata –, *seus precisos movimentos, certamente muito mais precisos que os nossos, para comprovar que a alma em nada intervém na* kinesis, *a menos que queirais conceder uma alma àquele animal* – disse, apontando para o gato, mas sem deixar de olhar para o reitor.

Este, furioso, não conseguiu dizer nada em contraposição. E vendo que ninguém apresentava objeções ou, ao menos, ninguém chegava a articular seus reparos numa frase mais ou menos clara, o anatomista prosseguiu:

A alma se ausenta quando se dá a morte, e como efeito exclusivo da corrupção dos órgãos que movem o corpo. De modo que o corpo não morre por falta de alma, mas pela corrupção de alguns ou de todos os órgãos. Deixai, agora que expus alguns dos aspectos do funcionamento do corpo, que vos fale da alma que o habita.

PARTE SEXTA
Das paixões da alma e das ações do corpo

E já que vos falei do corpo, permiti-me que continue me referindo a ele para dele deduzir a alma. Já vos disse que a kinesis não é uma função da alma, mas exclusivamente do corpo. Seguindo a linha que estabeleci, me atreverei a ir mais longe afirmando que, para deduzir a alma do corpo, devemos diferenciar o que concerne ao movimento do que lhe é alheio. Se concordais comigo em que a alma nada tem com as coisas físicas mas somente com as metafísicas, deveis então me conceder que o movimento, a kinesis, é uma entidade da física que diz respeito apenas aos objetos materiais. Essa kinesis é o que governa as ações do nosso corpo. E, para diferenciar as coisas do corpo das da alma, direi que se opusermos as ações do corpo às coisas imateriais da alma, iremos deduzir, então, as paixões. E defino as paixões como todas as volições que não têm qualquer relação com o corpo, que são geradas e se acabam na própria alma, sem que o corpo intervenha. Isto é, que se dão de maneira passiva na alma e não ativa no corpo. Que não surgem de nenhum órgão e não produzem a ação de qualquer outro órgão, mas surgem da alma e só produzem modificação na própria alma. Faço essa distinção entre ações *e paixões, entendidas ambas em seu sentido puro, porque também existem paixões que têm sua origem na alma mas comprometem o movimento do corpo. Todavia, é preciso distinguir entre essas paixões e as ações porque, embora elas produzam determinados movimentos no corpo, tais movimentos não têm um só fim que não resida na alma; por exemplo, quando a alma precisa manifestar o seu amor a Deus mediante a prece. Veis como o corpo é, nesse caso, um simples meio para a manifestação da alma, e o fim dessa ação reside apenas na alma. Do mesmo modo, porém inversamente, existem ações do corpo que dele surgem e para ele fazem tender o seu fim, mas nas quais, entre o surgimento e o fim, interpõe-se a alma para evitá-lo. É o caso das ações pecaminosas a cuja conclusão a alma se opõe. Por exemplo, quando os órgãos sexuais foram estimulados e a alma precisa intervir para impedir os pecados da carne. Ou, igualmente, quando se fez uma promessa de jejum e os órgãos digestivos reclamam alimentos, a alma intervém para evitar a tentação de comer.*

PARTE SÉTIMA
Do amor e do pecado

Para exemplificar o que digo, nada ilustrará melhor minha exposição do que o que concerne ao amor. Erroneamente, pensa-se que são as paixões que nos conduzem ao pecado da carne. A tentação que desemboca nesse pecado nada tem a ver com as paixões e sim, precisamente, com as ações, posto que é um pecado cuja origem está no corpo. Temos então que diferenciar o amor, que é um puro atributo da alma, do impulso sexual. O amor é uma paixão, pois que tem a sua origem e o seu fim na própria alma, enquanto o impulso sexual tem uma localização corporal evidente, tanto em sua origem como em seu fim. Havereis de convir comigo que o amor mais puro é aquele que professamos a Deus.

PARTE OITAVA

Da anatomia das mulheres e da moral dos homens

E agora que já disse o que penso acerca da mecânica do corpo e, em linhas gerais, falei-vos sobre a alma, dexai-me explicar uma das premissas que guiou minha pena em De re anatomica, *que constitui a conclusão de muitos anos de estudos. Certa vez disse: "Se a ciência da moral estuda o proceder dos homens, a anatomia haverá de reservar para si o estudo do proceder das mulheres". Deixai-me, para explicar-vos esta frase, citar o grande Aristóteles no que diz respeito à procriação. Ele afirma, em sua* Metafísica, *que a união dos sexos torna possível a reprodução da seguinte maneira: o sêmen do homem é o que dá ao ser em formação a identidade, a essência e a idéia, enquanto a mulher fornece unicamente a matéria do futuro ser, ou seja, o corpo. E diz o grande Aristóteles que o sêmen não é um fluido material, e sim inteiramente metafísico. Como ensinou Mestre Aristóteles, o esperma do homem é a essência, é a potencialidade essencial que transmite a virtualidade formal do futuro ser. O homem leva no sêmen a ânima, a forma, a identidade, que faz da coisa matéria viva. O homem, enfim, é quem dá alma à coisa. O sêmen tem o movimento que o progenitor lhe imprime, é a execução de uma idéia que corresponde à forma do pai, sem que isso implique transmissão de matéria por parte do homem. Em condições ideais, o futuro ser tenderá à identidade completa com o pai: "O sêmen é um* organon *que possui movimento em ato."*[1] *"O sêmen não é uma parte do feto em formação", assim como nenhuma partícula de substância passa do marceneiro ao objeto que ele elabora para se unir à madeira, nenhuma partícula de sêmen pode intervir na composição do embrião – da mesma maneira que a música não é o instrumento, nem o instrumento é a música. Não obstante, a música é idêntica à idéia prévia do autor.*

PARTE NONA
Da inexistência da alma nas mulheres

O que desejo dizer-vos é que, se levarmos esse conceito do grande Aristóteles ao seu extremo lógico, veremos que não há razão para supor a existência de alma nas mulheres.

Este comentário do anatomista provocou um murmúrio geral na sala. Podiam ver-se assentimentos cá e lá, e mesmo algum gesto involuntário de aprovação entre os membros da comissão de Doutores.

– Anátema! – gritou o reitor, ficando em pé. – Quem além do próprio Satã poderia pronunciar essas palavras... – ia continuar falando, mas nesse instante descobriu que nenhuma idéia acorria em seu auxílio. Jamais teria pensado que iria precisar assumir uma defesa das mulheres. A rigor, não tinha uma única opinião favorável em relação ao sexo oposto. O reitor abominava as mulheres. Mateo Colombo

1. Aristóteles, *Metafísica*, VII, 9, 1034b.

não ignorava isso. De modo que aproveitou o longo silêncio que o reitor mantinha para encará-lo, impaciente por conhecer sua opinião a respeito das palavras que acabava de pronunciar. – Estais ofendendo o Sagrado Nome da Virgem – foi o que de mais incontestável lhe ocorreu.

Permiti-me recordar-vos que o milagre está vedado ao homem. A Imaculada Concepção é um milagre de Deus operado em Maria. Mas porventura pretendeis que todas as mulheres concebam como Maria? Vossa Excelência não ignora que Nossa Senhora é única, assim como o é o Filho de Deus. E se o Filho de Deus teve um corpo nesta Terra, tal corpo foi Maria quem lho deu. Sabeis que não falo do milagre operado em Maria. Mas vejam o exemplo de Eva. Por acaso ofereceríeis a Eva a mesma devoção que professais a Nossa Senhora? Vossa Excelência tampouco ignora que Deus castigou em Eva todas as suas filhas, por todas as gerações, e que, mesmo depois de Maria, elas parem com dor. Não podeis confundir a Santa exceção com a culposa regra nascida do pecado original. E digo, como Gregório Magno: "O que devemos entender por mulher senão a vontade da carne?".

PARTE DÉCIMA
Do obscuro proceder feminino

Tudo o que vos disse sobre a alma concerne unicamente aos homens, e não às mulheres. Este é o motivo pelo qual vos digo que, se pretendemos compreender o obscuro proceder feminino pelo caminho da moral, não chegaremos a resultado algum, pois que nelas não existe alma. E por isso vos digo, também, que o único cami-

nho que nos conduz à compreensão do comportamento das mulheres há de ser o da anatomia. E não tenho dúvidas quanto a isso, eis que, como resultado de minhas extensas investigações, pude aceder ao descobrimento de um órgão existente na anatomia feminina que cumpre funções análogas à da alma nos homens, que podem facilmente ser confundidas com o que chamei paixões. Quero dizer-vos que tais paixões não existem nas mulheres, e sim apenas ações que têm sua origem e seu fim no próprio corpo. As volições que governam o proceder feminino não surgem em nenhuma outra parte além do corpo; mais precisamente, no órgão que mencionei. Alguns metafísicos, e também alguns anatomistas, tentaram descobrir em que parte do corpo podia albergar-se a alma. Eu vos digo que a alma não tem residência no corpo, deriva ao redor deste como o faria um anjo. No que concerne às mulheres, se quereis reservar também para elas uma coisa semelhante à alma masculina, devereis, em conseqüência, situá-la dentro do corpo, tal como se encarna um demônio. E vos digo que esse demônio tem sua morada dentro do corpo, exatamente no órgão sobre o qual, agora mesmo, haverei de falar-vos. E me atrevo a dizer que, se pudermos explicar o funcionamento desse órgão, poderemos, por fim, explicar o obscuro proceder feminino.

PARTE UNDÉCIMA
Da existência de um órgão feminino que chamei Amor Veneris, *comparável à alma masculina*

O que quero dizer-vos é que existe no corpo da mulher um órgão que exerce funções análogas à da alma nos homens, mas cuja natureza é completamente diferente, já que depende unicamente do corpo.

Tal órgão é, antes de mais nada, a sede do deleite nas mulheres. Essa protuberância que surge do útero, perto da abertura chamada boca da matriz, é a origem e o fim de todas as ações destinadas ao prazer sexual. Na atividade sexual, não apenas quando é friccionada vigorosamente por uma vara, mas também ao ser tocada por um dedo, o sêmen[2] *flui de um lado para o outro mais rápido do que o ar por causa do prazer, mesmo sem que elas o queiram. Se tocarmos nessa parte do útero quando as mulheres têm apetência sexual e estão muito excitadas, com frenesi, incitadas ao prazer e com apetência de homem, descobriremos que é um pouco mais duro e oblongo, a ponto de semelhar uma espécie de membro masculino – sobre este ponto haverei de ocupar-me meticulosamente mais adiante. Portanto, como até hoje ninguém discerniu essa protuberância nem o seu uso, se me é permissível dar nome às coisas por mim descobertas, que seja chamada* Amor Veneris.[3]

E afirmo de forma categórica que nesse órgão se originam todas as ações da mulher e todos os procederes que puderem assemelhar-se às paixões masculinas. Quero dizer-vos que a mulher é governada pela influência do Amor Veneris *e que todas as suas ações, das mais nobres às mais repugnantes, das mais dignas e honrosas às mais vis e desprezíveis, têm como fonte o órgão que vos mencionei. Da mais promíscua prostituta à mais fiel e casta esposa, da mais devota e consagrada religiosa*

2. Assim menciona o fluxo.

3. "Amor Veneris, vel Dulcedo Apeleteur". Assim o menciona Mateo Colombo em *De re anatomica.*

àquela que pratica bruxaria, todas as mulheres, sem distinção, são objeto do arbítrio dessa parte anatômica.

PARTE DÉCIMA SEGUNDA
Da fragilidade moral das mulheres

Irei expor agora como funciona esse órgão e como e por que razão em cada mulher ele produz diferentes procederes. E se interpretais que esta minha alegação é contrária às mulheres, estais errados, pois assim como o homem procede de acordo com o seu livre-arbítrio em virtude da alma que lhe foi dada, a mulher não é dona do seu proceder, mas escrava dos arbítrios do Amor Veneris. *Não atribuo a outra causa a sua fragilidade moral, como se verá mais adiante.*

PARTE DÉCIMA TERCEIRA
De por que o sêmen masculino é de caráter principalmente metafísico e de por que se impulsiona por si mesmo

Já expus minha teoria sobre os fluidos cinéticos. Estes agem de forma similar a como o faria uma vontade, ou seja, canalizam as ações que governam o corpo para que este não pereça, como as ações elementares de alimentação, evacuação etc. Já vos disse, também, que num corpo que goza da tutela de uma alma as ações pecaminosas tomam um curso diferente daquele que lhe impõe a fonte, quer dizer, o corpo. Quero falar-vos agora do curso e do destino desses fluidos cinéticos que, assim como são produzidos no cérebro, devem, por causa natural, ser evacuados do corpo para não intoxicá-lo. Descobri que o corpo mantém um caudal estável do volume desses fluidos e que o mecanismo mais freqüente para que não saturem o corpo é a evaporação. Num movimento qualquer – ilustrou o anatomista, flexionando repetidamente o braço –, *o fluido que acorre ao músculo para contraí-lo ou dilatá-lo evapora-se no momento da ação, por obra do calor que o movimento consome. Isto é assim nas ações mais simples; porém nas ações mais complexas, nas quais é necessária a intervenção da alma, as coisas se complicam um pouco. No desejo sexual, quando surge a impulsão da cópula, o corpo produz grande quantidade de fluidos cinéticos, que viajam, segundo a mecânica que já descrevi, para os órgãos sexuais, facilitando assim a abertura das veias e a dilatação dos músculos a fim de que o sangue ingresse na vara e a faça endurecer-se. O sêmen, como disse Aristóteles, é de caráter metafísico, embora necessite de uma parte material para impulsionar-se da vara para fora. Essa parte material do sêmen, que é o que nos é dado ver, são os fluidos cinéticos em estado puro. Não é por outra razão que esguicha com a energia da lava de um vulcão. O sêmen não apenas tem a função de guiar os espíritos, mas, também, de libertar o corpo de todos os fluidos cinéticos que este produziu para a cópula, já que se permanecessem nele o intoxicariam, gerando graves doenças. Pois bem, o que ocorre com tais fluidos quando a ação é interrompida por graça da vontade da alma?*

PARTE DÉCIMA QUARTA
Da alma e do apetite sexual

Segundo a mecânica que me foi dado estabelecer, o apetite sexual surge no homem quando os órgãos da vista ou do tato são excitados por um objeto externo de ordem tentadora e pecaminosa, quer dizer, uma mulher ou uma representação dela (é fácil comprovar que uma pintura que representa uma bela mulher produz idêntico proceder). Essa excitação que surge dos nervos mais externos (do olho, por exemplo) libera os fluidos cinéticos depositados nos músculos, e estes viajam para o cérebro como o faria um mensageiro. Ali, no cérebro, são produzidos mais fluidos cinéticos, que viajam até os órgãos sexuais, como já disse, para inchar a vara e dar ânimos a todos os músculos que intervêm na cópula. A maior parte desses fluidos deposita-se nos testículos e na vara como sêmen. É neste ponto que a alma intervém e censura as ações. Mas dado que o sêmen, como já disse, é de origem metafísica, a maior parte de seu volume é constituída por puros espíritos. Se observais o sêmen algum tempo depois de haver sido liberado, vereis que seu volume se reduz ostensivamente, até sua décima parte. Isto porque os espíritos que o habitavam regressaram à alma. De modo que quando a alma põe fim às ações de origem pecaminosa, transforma essas ações do corpo em paixões da alma. A que outra razão podemos atribuir o fato de que, quando se reza fervorosamente a Deus para evitar a tentação, o apetite sexual cesse por completo e a vara volte ao estado de repouso, sendo que antes estava cheia de líquidos seminais? Se encheis de água uma tripa a ponto de fazê-la inchar inteiramente, esta não poderá desinchar-se a menos que a libereis da água ou que estoure pela pressão. Mas sabemos que isso não ocorre com a vara que, por obra da alma, pode voltar ao repouso sem que o sêmen saia dela, quer dizer, sem haver chegado ao desenlace da ação de origem pecaminosa.

Resulta evidente o caráter metafísico do sêmen, por ser o único fluido que não demanda ser evacuado; não seria possível postergar indefinidamente a evacuação das matérias fecais e urinárias, ao passo que o sêmen, após ter sido produzido, não precisa imperiosamente ser expulso. E isso porque sua essência está feita de espíritos provenientes da alma, que a ela voltam quando esta não permite que sejam liberados. Não devemos sentir-nos envergonhados por sermos chamados à tentação; ao contrário, quanto mais vezes hajamos conseguido vencê-la, tanto maiores e numerosas serão as nossas paixões da alma.

PARTE DÉCIMA QUINTA
Do apetite sexual nas mulheres e da ausência da guia da alma

Pois bem, o que sucede no corpo da mulher quando esta se encontra excitada e com desejos de vara, sabendo-se que não há nelas uma alma a transformar os líquidos seminais originados nessas ações em paixões da alma? O sêmen da mulher é muito mais espesso e pesado que o do homem, porque no meio das suas partículas não há espíritos disseminados como no do homem, quer dizer, são puros fluidos cinéticos. O processo de excitação sexual na mulher é diferente do que ocorre no homem. Já vos disse que, neste, o processo se inicia nos órgãos sensitivos, que foram excitados por um objeto pecaminoso, quer dizer, uma mulher. De modo que o homem é o sujeito da incitação e, inversamente, a mulher é o objeto dessa tentação. Assim, como uma coisa não pode ser, ao mesmo tempo, a outra, o sujeito não pode ser o objeto ao mesmo tempo. O que desejo dizer é que o processo de excitação sexual na mulher não se inicia nos órgãos sensoriais pela visão de um homem, mas se dá espontaneamente e de maneira natural, e tem origem no interior do corpo, mais precisamente no órgão que já vos descrevi. A mulher é, sempre, o objeto do pecado. O que estou expondo em termos anatômicos não é novo em termos morais: lá tendes, outra vez, o exemplo de Eva, que é objeto da tentação cujo sujeito é Adão. Mas irei referir-me a este ponto mais adiante. Permiti-me que continue minha exposição sobre a origem e o destino do desejo sexual nas mulheres. O impulso sexual, que se dá de maneira natural e espontânea, origina-se no Amor Veneris, *fazendo com que este libere fluidos cinéticos para o cérebro anunciando-lhe seus desejos. O cérebro, então, libera novos fluidos de forma maciça, para pôr em marcha os mecanismos de sedução e, ao mesmo tempo, alimentar todos os músculos que intervêm na cópula. Assim se inicia o desejo de vara. Ora, como na mulher não há alma que decida sobre esses impulsos, a concretização do pecado somente será possível se ela conseguir, com sucesso, tentar um homem mediante a sedução. Podemos dizer que a mulher é a força da vontade da carne e, inversamente, que o homem é a força da vontade da alma. Dependendo do triunfo de um ou de outro, haverá de dar-se ou não o pecado. Detenhamo-nos agora nessa segunda possibilidade: o que ocorre no corpo da mulher quando não se dá o pecado, pois que triunfou a vontade da alma do homem? Já vos disse que, no homem, os espíritos seminais regressam à alma regulando e mantendo estável o volume dos fluidos cinéticos do corpo. Mas o que ocorre com todos os fluidos seminais da mulher quando, depois de terem sido produzidos, não podem ser liberados ou convertidos em paixões da alma?*

PARTE DÉCIMA SEXTA
Da acumulação de fluidos cinéticos nas mulheres

O que se observa primeiro é um aumento do tamanho do Amor Veneris, *pois que todos os sumos se depositam ali. Em alguns dos casos que me foi dado observar, essa pequena protuberância pode atingir um tamanho semelhante ao de uma vara de menino. Por fim, quando os líquidos já não podem ser contidos, não são expulsos para fora, e sim para o interior do corpo, produzindo toda espécie de males, coisa observada com freqüência nas mulheres. Muitas vezes a doença produzida pela acumulação de fluidos cinéticos pode ser facilmente confundida com a possessão demoníaca; e, de fato, se algum lugar do corpo é escolhido pelo demônio para fazer a sua morada, não duvideis que tal ponto é o* Amor Veneris. *Os antigos gregos acreditaram situar-se no útero a origem de toda espécie de males; de minha parte, estou certo de que tais doenças não têm outra fonte senão o órgão que me foi dado descobrir. Mas se o processo do desejo sexual se dá nas mulheres de maneira natural e espontânea, como acabo de dizer, deveis perguntar-vos por que há mulheres que, não sendo feias nem decrépitas, não despertam a tentação no homem, nem manifestam apetite de vara e, pelo contrário, são bondosas e beatas e até podem mostrar amor, entendido este no seu masculino sentido, quer dizer, casto. Existem diferentes motivos.*

PARTE DÉCIMA SÉTIMA

De por que existem mulheres bondosas e que não mostram inclinação ao pecado

O mais freqüente é a virgindade. Se jamais provastes cervo, nunca poderíeis desejar comer de sua carne. O Amor Veneris *começa a exercer sua influência depois que o virgo se rompeu. É uma crença comum pensar que a perda da virtude é uma conseqüência do apetite de vara; afirmo-vos que a segunda é um efeito da primeira.*

– Permiti-me que vos aponte a contradição em que vagais – *interveio o reitor.* – Se, como dizeis, a mulher é o objeto do pecado, cujo sujeito é o homem, e ademais, segundo vossas próprias palavras, a primeira, de maneira natural e espontânea, desperta o desejo sexual no segundo, o que leva a mulher virgem a perder a virtude, sendo que nenhum apetite sexual poderia nascer dela, posto que, como dizeis, vosso *Amor Veneris* não exerce sua luxuriosa influência enquanto o virgo se encontra íntegro?

Vossa Excelência adiantou-se ao que me dispunha, precisamente, a expor. Com efeito, pareceria não existir qualquer razão para que a mulher virgem renuncie à sua virtude, posto que, enquanto o virgo estiver intacto, o Amor Veneris *não exerce qualquer função. Poderia argumentar a meu favor que a mulher virgem, quando é oferecida em matrimônio, torna-se vítima da lascívia do marido, incitando-a à cópula. Contudo, adianto-me à objeção que Vossa Excelência já possui, decerto, em mente. Já vos disse que o apetite sexual é despertado no homem quando seus órgãos sensitivos foram excitados por um objeto externo e lascivo, isto é, uma mulher cujo frenesi venéreo desatou-se no interior do seu corpo, tentando e seduzindo o homem. Também disse que ninguém pode desejar comer carne de cervo sem tê-la provado antes. O que move a mulher virgem a perder a virtude não é o apetite de vara, mas outra apetência também natural e espontânea; refiro-me à maternidade.*

A gestação de uma criança requer a afluência de fluidos cinéticos, tanto para suprir o excesso de atividade muscular que se produz durante a gravidez como para fornecer ao ser em formação seu quantum *estável desses fluidos. Já vos disse de que maneira Aristóteles explica a concepção: o homem é quem dá a alma e a mulher, a substância.*

Existem para a mulher dois caminhos virtuosos: a virgindade e a maternidade; e dois caminhos corruptos: o pecado e a doença.

Quando o homem se afasta do pecado em virtude do seu livre-arbítrio, afasta do pecado também a mulher; é o homem quem deve conduzir a mulher pelo caminho da virtude.

PARTE DÉCIMA OITAVA

De por que o Amor Veneris *é a prova anatômica da gênese das mulheres tal como dizem as Sagradas Escrituras*

Permiti-me agora que assinale outras particularidades anatômicas do Amor Veneris. *Já vos falei da forma que esse órgão apresenta e das funções e influências que exerce sobre o proceder das mulheres. Como esta excelentíssima Comissão haverá constatado, nenhuma das minhas palavras se desvia um átimo das Sagradas*

Escrituras e, pelo contrário, não têm outro propósito senão compreender a magnífica Obra e, dessa maneira, louvar o Criador. Por esse caminho me foi dado estabelecer, em termos anatômicos, uma outra Verdade de que nos falam os Santos Evangelhos. Refiro-me à gênese da mulher. A anatomia humana é como um livro cujos caracteres, se sabemos lê-los com propriedade, revelam-nos de maneira assombrosa a Palavra. Afirmo-vos de forma categórica que o Amor Veneris *é a prova material da palavra de Deus nos versículos vinte e dois e vinte e três do* Gênese. *O órgão de que vos falo é o vestígio anatômico da procedência da mulher; a forma masculina que o* Amor Veneris *apresenta demonstra que, tal como afirmam as Escrituras, a fêmea é feita da costela do homem.*

PARTE DÉCIMA NONA
Da comparação da vara com o Amor Veneris

Notei horror em vossos rostos quando vos disse que o órgão que me foi dado descobrir apresenta a aparência de uma vara e, ademais, como esta, ergue-se ou declina. E na realidade o Amor Veneris *comporta-se, em aparência, da mesma forma que uma vara. Muito embora, é claro, não sejam absolutamente iguais. A principal diferença é fisiológica, mais do que anatômica, porque a vara é apenas um meio, um instrumento, e o* Amor Veneris, *uma causa. Quero dizer-vos que o proceder da vara, conforme inche ou se recolha, depende dos avatares do corpo e da alma – como já vos mencionei –, ao passo que do* Amor Veneris *dependem todas as ações das mulheres. Outro anatomista, o grande Leonardo da Vinci, disse que a vara tem vida própria, que é um animal pro-*

vido de uma alma e uma inteligência independentes daquelas do homem, e que procede segundo a sua própria vontade. E disse que, por mais que um homem deseje excitá-lo, esse animal se nega a obedecer, move-se por conta própria, sem autorização nem desejo do homem, tanto quando está acordado como adormecido, e que, enfim, a vara faz o que bem lhe apraz. E, na verdade, parece ser realmente assim algumas vezes. Contudo, direi que só é verdade na aparência. Com efeito, quando a vara se ergue intempestivamente sem haver qualquer razão, ou seja, sem a intervenção de um objeto externo e lascivo, isso tem uma explicação diferente daquela que nos dá Leonardo da Vinci. A causa de a vara inchar sem alguma razão é simplesmente o desvio de fluidos cinéticos que foram produzidos para um determinado fim e, por algum motivo, esse fim viu-se adiado ou suspenso; por exemplo, quando nos dispomos para uma tarefa qualquer e um acontecimento inesperado nos impede de levá-la a cabo. Dependendo da magnitude da tarefa, o corpo prepara os músculos para afrontar o trabalho, provendo-os de um determinado volume de fluidos cinéticos. Segundo a mecânica que expus, se o corpo se vê privado de levar adiante essas ações, por algum meio será obrigado a liberar-se desses sumos. Não é difícil reunir um e outro fato numa relação de causa e efeito; vereis que é comum e fácil de comprovar que, quando a vara se ergue por conta própria, isso ocorre depois de adiar uma tarefa para a qual estávamos dispostos. Não obstante, é fácil desfazer-se desses fluidos, pois que não produziram sêmen na vara e, assim como anteriormente se desviaram do seu curso natural em direção à vara, podem retomar o rumo inverso, dela para os diferentes músculos, e serem assim evacuados por evaporação, mediante uma tarefa que demande um volume de sumos semelhante ao daquela para a qual estávamos dispostos. Quanto ao motivo pelo qual, num homem decidido a pecar, inclusive havendo pagado para isso, a vara decide não colaborar com ele no pecado, a razão não é alheia aos motivos que descrevi antes. Ocorre que, em determinadas circunstâncias, desconhecemos os desígnios que nossa própria alma impõe ao nosso corpo, separando-se a alma da nossa vontade e obrigando o corpo a ficar de seu lado.[1]

Pois bem, tudo o que Leonardo disse em referência à vara é aplicável, com mais fortes razões, ao Amor Veneris, *porque este não apenas possui vida, vontade e inteligência próprias, mas essa vida, vontade e inteligência guiam o procedimento do ser que esse órgão traz em torno de si.*[2] *Neste sentido deve-se entender a vontade e a inteligência femininas: no sentido do* Amor Veneris.

O homem deve proceder com a mulher do mesmo modo que sua alma procede com o seu corpo, porque o corpo do homem é feminino assim como sua alma é masculina.

Concluo dessa maneira a minha alegação, na certeza de que tudo o que vos disse é de absoluta justiça e de que minhas palavras não se afastam nem um átimo das Sagradas Escrituras. Que a justiça esteja comigo.

---

1. Nota-se que neste ponto Mateo Colombo desmorona todo o seu *constructo* dualista corpo-alma, feminino-masculino, pecado-virtude, e introduz um terceiro elemento que dissocia a vontade da alma e do corpo, embora não tenha elementos para fundamentar essa afirmação enigmática.

2. Eis a definição de mulher que resulta da teoria Mateo Colombo: toda aquela carne que circunda o *Amor Veneris*.

A sentença

O MILAGRE

I

Os que eram considerados culpados em primeira instância pelas comissões doutorais dificilmente conseguiam reverter o veredicto nos tribunais do Santo Ofício. Não obstante, um milagre haveria de intervir na sorte de Mateo Colombo.

No mesmo dia em que a comissão se dispunha a redigir o ditame condenatório, chegou a Pádua um mensageiro de Roma; trazia uma carta dirigida ao presidente da comissão. O cardeal Caraffa leu a mensagem uma e outra vez e não pôde evitar a sensação de que o piso se movia sob os seus pés. A carta trazia o selo do papa Paulo III. A saúde do septuagenário pontífice decaía com precipitação e ele, pessoalmente, havia requerido os serviços de Mateo Colombo. A fama do anatomista em Roma não era, precisamente, a de quem está predestinado à santidade, antes o contrário. Mas era um fato que Mateo Colombo havia-se tornado – por obra de seus detratores – o médico mais renomado da Europa. Apesar de seus homens mais próximos tentarem convencer Sua Santidade de que não era uma decisão conveniente, mesmo com o fio de vida que lhe restava Alessandro Farnese, do seu leito de doente, ainda era suficientemente obcecado para decidir sobre a própria saúde. E suficientemente temível para impor a sua vontade. Assim, a comissão presidida pelo cardeal Caraffa viu-se forçada a redigir às pressas um veredicto favorável ao acusado. A sentença da comissão de bispos recaiu sobre a pessoa do anatomista, mas não sobre a sua obra. Mateo Colombo foi declarado inocente e os Doutores decidiram não levar o processo aos tribunais do Santo Ofício. Mas a comissão determinou, ao mesmo tempo, manter a censura que o reitor havia imposto a *De re anatomica*. Uma decisão salomônica que, longe de conformar as partes, decepcionou e surpreendeu a todos. Inclusive os próprios bispos.

O ânimo dos Doutores inclinava-se – como em quase todos os casos, e por predisposição natural – para o luminoso caminho das fogueiras propiciado pelo reitor. A comissão, levando em conta o bom crédito que este possuía junto aos seus integrantes, havia abaixado o polegar para o anatomista antes mesmo de que ele pronunciasse uma só palavra em sua defesa, e preparava-se para uma sentença impiedosa. Não porque considerasse demoníacas as revelações do anatomista; pelo contrário, o descobrimento de Mateo Colombo era uma verdadeira revelação do ponto de vista dos Doutores; finalmente, o *Amor Veneris* explicava um dos maiores enigmas – e, com certeza, um dos mais obscuros problemas – para a Igreja: a mulher. A questão não era exclusivamente o descobrimento, mas, também, o descobridor. E, decerto, seria calamitosa a difusão de semelhante assunto. Se as coisas eram da maneira que o anatomista propunha, o *Amor Veneris* constituía um verdadeiro instrumento de potestade sobre a volátil vontade feminina. Por certo, a publicidade do descobrimento conduziria, forçosamente, a todo gênero de danos. O que sucederia se o achado de Mateo Colombo caísse nas mãos dos inimigos da Igreja? A que calamidades não seria confrontada a Cristandade se, do feminino objeto do pecado, se apoderassem as hostes do demônio ou, pior ainda, se as próprias filhas de Eva descobrissem que possuem, no meio das pernas, as chaves do céu e do inferno? A lógica do descobrimento era a seguinte: se o *Amor Veneris* é o órgão que governa a vontade da mulher, a arte da medicina é que irá proporcionar o domínio do lascivo *Amor Veneris,* e, por ação transitiva, quem governar aquele órgão haverá de governar a vontade feminina. Mas como se obtém o governo do *Amor Veneris*?; mediante as sábias artes da medicina ou, se for o caso, da cirurgia. Saber tocar. Saber cortar.

Sem dúvida, o melhor destino que *De re anatomica* podia esperar era o zeloso segredo da Igreja e o ingresso nos *Indices librorum prohibitorum.* Mas quem podia garantir que Mateo Colombo guardaria o segredo, mesmo comprometendo-se sob juramento? Como garantir, por outro lado, que o próprio anatomista não iria usar em proveito próprio a descoberta do seu *Amor Veneris*? Ao mesmo tempo, no entanto, para a Igreja o achado poderia resultar um Santo Remédio para guiar o delicado e díscolo rebanho pelo caminho da virtude e da santidade, por exemplo, extirpando a morada do demônio do corpo da mulher. Se aquele órgão é o responsável pelo pecado, por que então não liberar as mulheres, desde o nascimento, do lascivo *Amor Veneris*? Porventura os judeus não cortam a pele do prepúcio? Suas razões devem ter. Mas tudo isso não passava, ainda, de pura especulação. O importante, o iminente, era silenciar por qualquer meio a publicidade em torno do assunto. De modo que a comissão dispôs-se a redigir uma sentença que abrisse o caminho em direção ao tribunal do Santo Ofício.

A obra, entretanto, não teria a mesma sorte que o autor. *De re anatomica* acabava de entrar nos obscuros catálogos da censura, que o próprio Paulo III havia inaugurado em 1543. O anatomista comprometia-se, sob juramento, a não divulgar o seu achado. Era a condição para que Mateo Colombo continuasse com vida.

No mesmo dia em que o cardeal Caraffa recebeu a tal carta procedente de Roma, a 7 de novembro de 1558, a comissão de Doutores deu a conhecer sua sentença, que, certamente, tinha um destinatário.

O VEREDICTO

I

Veredicto da comissão de Doutores dirigido ao reitor da Universidade de Pádua

Consideramos com acuidade os informes, testemunhos e alegações apresentados a esta comissão que promovestes em relação ao regente da Cátedra de Anatomia, autor de De re anatomica, *o* Chirologi *Mateo Realdo Colombo, da Universidade que presidis.*

Esta comissão, em verdade, não chega a compreender a animadversão para com o vosso catedrático nem as contradições em que vagais nas coléricas reflexões que discorreis, se é que cólera e reflexão podem ir juntas. E talvez seja este o motivo da cegueira que vos impede de ver as coisas tais como são.

Senhor reitor, em relação às apreciações e aos vitupérios que exerceis contra De re anatomica, *particularmente a respeito do capítulo XVII, não podemos contar senão com a versão que vós nos dais, pois que, como dizeis, "a obra encontra-se sob o meu mais cioso poder".*

Não obstante, nossa razão não pode abranger a dimensão do silogismo que expondes. Primeiro qualificais de absurdo o descobrimento do vosso anatomista; em segundo lugar o acusais de plágio e usurpação, pois que o órgão em questão, segundo dizeis, teria sido descrito na Antigüidade por Rufo de Éfeso e por Júlio Pólux, pelos anatomistas árabes Abul Kasis e Avicena, por Hipócrates e até por Falópio. Chegai a alguma conclusão: ou fazemos caso à primeira premissa e afirmamos que não existe tal órgão, ou atendemos à segunda e declaramos que é tão conhecido como os pulmões.

De nossa parte, não temos conhecimento de nenhuma descrição anterior de tal órgão. Não podemos afirmar sua existência nem sua inexistência.

Se for confirmada, acreditamos que tanto o vosso afã (venerável, é claro) de defender os Sagrados Princípios como o temor de que tal descobrimento incite à heresia e aumente o número dos infiéis são honrosos, embora errados. A Verdade, senhor reitor, está nas Escrituras e em nenhuma outra parte fora delas. A ciência não revela a Verdade. É apenas uma flama tíbia a iluminar a letra de Deus. A ciência só existe abaixo de Deus e para tornar compreensível a Verdade. A nós, fiéis, basta-nos crer pela fé, mas é impossível que os infiéis cheguem a persuadir-se da Verdade se pela Razão não os convencermos.

E o que não veis, senhor reitor, é que, a ser verdadeiro o descobrimento de vosso anatomista, teríamos diante de nossos olhos, finalmente, a prova anatômica da criação da mulher a que se referem as Sagradas Escrituras. Se prestais atenção aos versículos do Gênese*, comprovareis que temos razão.*

Finalmente, e por todo o antedito, declaramos o acusado, Mateo Realdo Colombo, inocente de todas as imputações. Não obstante, este Tribunal proíbe a publicação de De re anatomica*, segundo o disposto nos* Indices librorum prohibitorum.

QUARTA PARTE

As santas artes

I

Em 8 de novembro de 1558, bem diante das indignadas ventas de Alessandro de Legnano, Mateo Colombo partiu para Roma com uma escolta vaticana. O novo médico pessoal do papa viajava como um verdadeiro príncipe e todos se dirigiam a ele como a uma eminência. Ambos – o reitor e o anatomista – sabiam, porém, que sua boa estrela era tão frágil quanto a saúde de Paulo III.

Alessandro Farnese jazia em seu leito vaticano. A barba crescida e despenteada conferia-lhe o aspecto de um rabino decrépito. Mateo Colombo ajoelhou-se ao lado da cama, tomou-lhe a mão e pensou que não poderia conter as lágrimas quando, ao beijar o anel do pontífice, este, com suas últimas forças, abençoou-o com um fio de voz. Quando se repôs da emoção, o anatomista ordenou que o deixassem a sós com Sua Santidade, coisa que, naturalmente, não lhe foi concedida. Alessandro Farnese era só pele e ossos. Já estava velho quando foi nomeado papa – setenta e dois anos – e sobrevivera a quase todas as doenças deste mundo. Não era mais aquele que havia conseguido unir os príncipes da Igreja contra os turcos; não era, certamente, aquele que finalmente conseguira, por força de paciência, primeiro, e simplesmente pela força, depois, reunir o Concílio de Trento. Não era aquele que tivera, com Santa Paciência, que se submeter aos caprichos do duque de Mântua, aos do imperador e aos dos protestantes. E também não era, por certo, aquele fervoroso defensor dos tribunais da Inquisição, cujas fogueiras considerou insuficientes para purificar as almas de tanto pecador e cujos juízes julgou poucos e burocráticos, e então multiplicou-os como fez Cristo com os peixes e os pães, conferiu-lhes faculdades ambulatórias, elevou-os à hierarquia de Tribunal Supremo em matéria de fé e nomeou delegados em Veneza, Milão, Nápoles, Toscana e em toda cidade que considerasse oportuno. E já não era aquele ávido leitor que, pessoalmente, decidia que livros iriam parar nos *Indices librorum prohibitorum* ou na fogueira – junto com o autor, é claro. Alessandro Farnese não era mais aquele, era o seu próprio fantasma, decrépito e agonizante. Sua mão sarmentosa, cujo nepótico dedo indicador havia pretendido secularizar Parma e Piacenza para convertê-las em principados dos Farnese, descansava, agora exânime, entre as mãos do demoníaco anatomista cremonense, que acabava de ser resgatado do inferno e levado ao paraíso. Sua Eminência estava nas mãos de quem até ontem era a voz de Lúcifer, e hoje, a mão de Deus.

O estado de Paulo III era verdadeiramente preocupante, não apenas para Sua Eminência, mas também para o seu recente médico pessoal, cuja sorte dependia da saúde do pontífice. Depois de examiná-lo durante horas, Mateo Colombo teve a inquietante certeza de que não havia muito a fazer; Alessandro Farnese nunca se curara por completo da doença que, cinco anos antes, o levara aos umbrais da morte. A rigor, não havia explicação de como pudera sobreviver um lustro. O coração do papa batia sem convicção, sua tez tinha a cor dos mortos, falava com uma voz asmática quase inaudível. Cada frase demandava-lhe um esforço esgotador e os impulsos da sua velha loquacidade eram sistematicamente interrompidos por acessos de tosses secas que o submergiam numa sufocação que tingia sua pele de roxo. Quando tais acessos se interrompiam, recuperava o tom verde que exibia há seis meses. Pouco importavam agora a gota que o perseguira durante quase toda a vida, nem os ataques epilépticos, nem as antigas enxaquecas, nem os horríveis herpes que lhe sulcavam a pele – motivo que o obrigou a usar sua barba semítica. Paulo III estava morrendo. Sua Eminência, pessoalmente, havia despedido o médico inepto que lhe fora designado pelo crápula do cardeal Álvarez de Toledo, o qual, segundo Sua Santidade, propusera-se a ser o seu sucessor no prazo mais breve possível. Verdade ou não, desde que o médico anterior se responsabilizara por sua saúde, Alessandro Farnese, dia após dia, desmelhorava calamitosamente. Mateo Colombo concordou com a opinião do paciente. A rigor, a terapêutica que lhe haviam imposto era mais nociva que a própria doença; de modo que o novo médico papal determinou que parassem de fazer-lhe sangrias, pois que estas tinham como único efeito agravar a anemia do Santo Padre, deu diretivas para que cessassem os enemas, que o deixavam exausto, e proibiu expressamente que continuassem a ministrar-lhe ervas vomitivas. A terapêutica adequada não iria consistir, como a anterior, em tentar extrair a doença por todos os buracos, porque, a rigor, a enfermidade do pontífice era só uma, fácil de diagnosticar: estava velho. O médico anterior só conseguira eliminar os poucos resquícios de vida que o corpo do velho papa abrigava.

Mateo Colombo dispôs que se juntassem num vidro todos os pontifícios excrementos e, em outro, todos os santíssimos sumos urinários, durante um dia completo. À noite o anatomista examinou o conteúdo dos vidros. Cheiro, cor e viscosidade foram escrupulosamente considerados. Antes de nascer o sol, Mateo Colombo já resolvera qual seria a terapêutica, posto que, de fato, a única doença que Paulo III apresentava era a sua própria velhice.

O Santo Padre tinha que viver. Mateo Colombo estaria disposto a dar ao decrépito Alessandro Farnese a metade do resto da sua própria vida. Mas havia outra alternativa.

Paulo III precisava de sangue jovem. E era exatamente o que lhe daria.

Dia dos Santos Inocentes

I

No dia dos Santos Inocentes, com a aquiescência de Sua Santidade, Mateo Realdo Colombo, o novo médico pessoal do papa Paulo III, dispôs que se buscassem dez meninas de cinco a dez anos, bem saudáveis, naturalmente, e que fossem levadas para o seu pontifício gabinete. Pessoalmente selecionou cinco dentre as dez e levou-as para o leito de Sua Santidade. O ancião papa abençoou cada uma das meninas, que choraram de emoção ao beijar seu anel e em seguida foram conduzidas a uma alcova próxima à do anatomista, que havia sido disposta para elas. Depois Mateo Colombo ordenou que trouxessem as amas-de-leite mais saudáveis de Roma. Pessoalmente selecionou as três que melhor aspecto apresentavam. Eram três mulheres jovens, antecedidas por três magníficos pares de mamas de admirável compleição. Mateo Colombo considerou conveniente verificar as bondades do leite de cada uma delas; pessoalmente verificou o sabor e a substância do líquido, que jorrava com abundância ao serem os mamilos levemente estimulados pelos dedos do anatomista.

Sua Santidade era alimentado três vezes por dia com o benéfico leite das mulheres; como uma criança, aconchegava-se ao peito da ama-de-leite e bebia até cair profundamente adormecido. Era comovente ver o decrépito Alessandro Farnese, desdentado e com sua barba branca, sendo docemente ninado. Tal terapia mostrava-se proveitosa porém insuficiente, porque embora o leite de mulher reúna valiosos fluidos cinéticos, estes eram escassos para devolver ao pontífice um pouco da sua perdida juventude. De modo que, antes do previsto, Mateo Colombo fez comparecer ao seu gabinete o algoz mais experimentado de Roma.

O homem não pôde disfarçar o seu desgosto quando o anatomista lhe pediu para ser o menos cruento possível. Afinal, nisso consistia o seu trabalho.

Naquela mesma noite, antes do fim do dia dos Santos Inocentes, a primeira das cinco meninas foi executada.

Sua Santidade, antes de beber o primeiro gole da infusão feita com o sangue, fez um voto pela alma da menina que, por certo, havia-se antecipado à dele no Reino dos Céus, e se alegrou por seu feliz e precoce destino.

– Amém – murmurou, e então virou o copo até ver o fundo vazio.

II

Três vezes por dia Paulo III era amamentado e três vezes ao dia bebia, até a última gota, as infusões de sangue jovem que o seu médico lhe preparava pessoalmente. Mateo Colombo respirou aliviado quando verificou que, no curso da primeira semana, a saúde do papa melhorava. A terapêutica não era original, exceto por alguns detalhes; com efeito,

Inocêncio VIII, o papa que se popularizara por confessar publicamente sua virilidade ao reconhecer três filhos – Franceschetto, Battistina e Teodorina –, fora submetido por seu médico a uma terapia semelhante quando sua saúde chegou ao ocaso, muito embora, naquela oportunidade, com pobres resultados. As razões desse fracasso não eram difíceis de determinar, segundo o anatomista: em primeiro lugar, o leite das amas era tirado previamente pelas criadas e depois servido ao pontífice num copo; era sabido por Mateo Colombo que os fluidos cinéticos evaporam-se imediatamente ao entrar em contato com o ar, de modo que o leite deveria ser sorvido do mamilo, tal como havia disposto o Criador para a lactância. Em segundo lugar, o sangue com que se preparavam as infusões era extraído de jovens varões, ao passo que o sangue feminino é, evidentemente, substância, pura matéria, como provara o grande Aristóteles em suas considerações sobre a gestação. O sangue do varão resultava inútil porque, como todos sabem, é conformado por puros espíritos e pouca substância, tal como o vinho.

Como quer que fosse, e sabe-se lá por que arbítrios, a saúde de Paulo III parecia restabelecer-se.

A notícia correu até Pádua. Alessandro de Legnano destilava veneno.

Alessandro Farnese simpatizava com o seu médico pessoal. É claro que tinha eloqüentes razões para isso, posto que, entre outras pequenas melhoras, havia recuperado sua antiga loquacidade. Entre cada aleitamento, o Santo Padre mantinha intermináveis conversações com Mateo Colombo e se dirigia a ele como seu homem de confiança. Por certo que o antigo inquisidor, o cardeal Caraffa, convivia com o intruso chegado de Pádua como com um punhal atravessado na garganta.

O SÉTIMO CÉU

I

Mateo Colombo estava no sétimo céu. Durante sua estada em Roma, o anatomista cremonense produziu sua mais vasta obra pictórica: os mais belos mapas anatômicos jamais feitos, pintados com os óleos mais refinados; centenas de esboços em tinta a representar sua obsessão: o *Amor Veneris*. E foi durante a permanência em Roma que pintou a sua mais sublime e estranha obra: *Hermes e Afrodite,* título que, sem dúvida, só pode ser atribuído à censura, posto que o óleo não representava a reunião das duas deidades num só corpo, mas evocava a visão que o anatomista tinha de Inês de Torremolinos quando descobriu o *Amor Veneris.*

Tudo era inspiração. Nada estava fora do alcance da sua mão. Os tormentosos dias inquisitoriais haviam ficado para trás. Agora podia olhar para os seus antigos inquisidores sentado à destra do altíssimo trono de Paulo III, a quem havia devolvido a vida como Cristo a Lázaro. O obscuro anatomista cremonense era, agora, a mão de Deus. Seu nome estava destinado à Glória. De fato, morava na cidade do Céu na Terra e substituíra seus velhos *luccos* de linho por outros de seda e sua *beretta* rústica por um fez bordado em ouro que o alfaiate do papa confeccionara exclusivamente para ele. Era um homem rico; seus honorários como médico pessoal do papa ascendiam à quantia que ele mesmo achasse justa e, quando assim o dispusesse, podia recorrer às santíssimas arcas; ao fim e ao cabo, que preço podia ter a vida de Sua Santidade? Nada o abalava; ninguém chegava aos seus calcanhares. Passeava pelo Vaticano como se tudo aquilo lhe pertencesse. Era a única pessoa que podia ingressar, sem pedir permissão e quando bem lhe aprouvesse, nas alcovas papais; o único homem que podia interromper as reuniões; o único homem que podia dar ordens ao Santo Padre. Ele decidia a que hora Sua Santidade devia comer, quando dormir e acordar; decidia se era conveniente que Sua Santidade recebesse esta ou aquela visita; e decidia sobre as iras pontifícias e o pontificial repouso.

Mas sua felicidade ainda não era completa; todas as noites, antes de dormir, pensava em Mona Sofia. Mas suportava a ânsia pelo encontro com o sossego que um título de propriedade outorga. Tinha a certeza da possessão; não importava quantos homens a pretendessem, e nem mesmo quantos passariam pelo seu corpo. Haveria de chegar o dia em que, livre, rico e famoso, ele subiria os sete degraus do átrio do *bordello dil Fauno Rosso* e, então sim, como um general a cujos pés um velho inimigo se rende, entraria em sua ansiada colônia. Mas sabia que devia ser cuidadoso e, sobretudo, paciente; devia, daí por diante, comportar-se como um político.

Ninguém no Vaticano ignorava a influência que Mateo Colombo exercia sobre a vontade de Paulo III. Assim compreendeu o seu antigo inquisidor, o cardeal

Álvarez de Toledo. Vendo que já não gozava da influência que outrora exercera sobre Sua Santidade, Álvarez de Toledo decidiu aproximar-se do médico pessoal do papa. Bem sabia o cardeal que palavras o anatomista gostava de ouvir. Bem sabia como agradá-lo.

O cardeal Caraffa, em contrapartida, não podia disfarçar a antipatia medular, o desprezo que sentia por Mateo Colombo. Não podia ocultar o seu profundo ressentimento, nem podia tolerar que houvessem apagado nas suas ventas a tocha que acende a fogueira.

Como prova de confiança e de reconciliação definitiva, o cardeal Álvarez de Toledo depositou nas mãos do médico do papa a sua própria saúde. Mateo Colombo não ignorava que Álvarez de Toledo era o cardeal com mais possibilidades de suceder Paulo III. Com efeito, o cardeal espanhol sabia muito de negócios.

II

Confiante em sua boa estrela, Mateo Colombo resolveu expor ao Sumo Pontífice a situação da sua obra, *De re anatomica*, e solicitar que fosse levantada, de uma vez, a censura que o cardeal Caraffa lhe impusera.

– Talvez não seja o momento – limitou-se a responder Paulo III.

Aquela foi a primeira grande desilusão de Mateo Colombo. Mas tinha paciência e estava disposto a esperar.

– Veremos, mais adiante, veremos... – foi a resposta, seis meses depois, quando o anatomista voltou a mencionar o assunto. – Filho, deveríeis confessar-vos, pois cometestes um grave pecado – disse paternalmente Alessandro Farnese –; acabais de revelar-me aquilo que jurastes, ante a comissão, não dizer a ninguém.

Mateo Colombo não se repunha da sua indignada surpresa. Ele mesmo havia-lhe salvado a vida, e assim agradecia Sua Santidade. Não apenas eliminava qualquer esperança de ver sua obra publicada, como permitia-se, ainda por cima, admoestá-lo.

Mateo Colombo terminou desejando que o decrépito e ingrato Alessandro Farnese morresse de uma vez. Afinal, ele era a mão de Deus e, assim como podia dar a vida – tal como fizera com seu agônico paciente –, também podia tirá-la. Já não era porventura o médico pessoal do futuro papa?

Sua amizade com o cardeal Álvarez de Toledo consolidava-se dia após dia; ambos tinham um mesmo anseio e, toda vez que falavam da saúde de Sua Santidade, não podiam evitar um olhar cúmplice. Jamais disseram uma só palavra sobre seus secretos desejos; não fazia falta.

III

Numa chuvosa manhã, Paulo III amanheceu morto. Foi o próprio Mateo Colombo quem se encarregou de divulgar a má notícia. Naquele mesmo dia o conclave reuniu-se. Na realidade, nada parecia indicar qualquer surpresa. Mateo Colombo estava a um passo de ver, por fim, sua obra publicada. Estava prestes a beijar o anel do novo papa, seu amigo, o cardeal Álvarez de Toledo. Com o ânimo sereno – não havia motivos para aflição nem inquietude –, o anatomista almoçou em sua alcova, pediu que o acordassem no meio da tarde e se dispôs a dormir.

À tarde, debruçou-se na janela da alcova e olhou para a basílica. Ainda não havia fumaça. Decidiu permanecer em seus aposentos, porque não queria ouvir o falatório do palácio. Caía a noite quando tornou a olhar pela janela. Sentiu uma ligeira inquietação ao não encontrar qualquer notícia no céu do crepúsculo. Por que razão haveria de tardar tanto a boa-nova, se era coisa resolvida? Mas imediatamente voltou à calma.

Já era noite fechada quando o anatomista decidiu instalar-se na janela até ver a fumaça branca.

A ÚLTIMA CEIA

I

Exatamente à meia-noite, a chaminé da basílica soltou uma levíssima coluna de fumaça branca. Todos os sinos do Vaticano dobraram ao pique e todas as arcadas começaram a vomitar multidões que corriam para a praça de São Pedro. Uma bandada de pombos assustados voou ao redor da cúpula da basílica. Tudo se iluminou de repente. O coração do anatomista animou-se com uma ansiedade longamente contida. Da sua janela podia ver perfeitamente a varanda de Sua Santidade. Riu de emoção como não ria há muitos anos. A multidão reunida pedia a gritos para conhecer o novo papa. Como sementes a espalhar-se com o vento, começou a se instalar em todas as bocas o nome do novo pontífice: iria chamar-se Paulo IV. Mas qual dos cardeais seria Paulo IV? "Álvarez de Toledo", lia-se nos lábios da multidão.

Precedido por um silêncio sepulcral feito de emoção, ansiedade e reverência, Sua Santidade surgiu na varanda. Mateo Colombo ria como nunca havia rido. Só quando a exaltação sossegou e lhe permitiu abrir bem os olhos, o anatomista pôde ver, claramente, o rosto de Paulo IV. Seu coração deu um salto no peito. O riso ficou petrificado. Quem saudava agora na varanda era o cardeal Caraffa.

Pensou ver, à distância, que o novo pontífice lhe dedicava um olhar.

II

Naquela mesma noite Mateo Colombo empacotou suas coisas. Não havia razão para esperar, não a censura definitiva da sua obra – que era um fato consumado –, mas nem sequer que o seu antigo inquisidor não executasse a sentença que ficara em suspenso. Sabia do ódio visceral que Caraffa lhe nutria.

Entretanto, nem tudo estava perdido. Refletiu serenamente e resolveu de imediato. Ainda lhe restava o seu ansiado refúgio em Veneza. Não havia esquecido a causa da sua vida. E nada no mundo podia impedir que, por fim, Mona Sofia lhe entregasse definitivamente seu coração. Agora sim, o anatomista tinha a chave que abria as portas da vontade da mulher que quisera para si. E essa mulher era Mona Sofia.

Além do mais, era agora um homem rico, dono de uma fortuna que dificilmente poderia gastar pelo resto da sua vida. Pensando bem, não seria tão difícil fugir das garras de Caraffa. Em dois minutos decidiu o rumo da sua existência: partiria agora mesmo para Veneza, subiria ao *bordello dil Fauno Rosso,* pagaria os dez ducados que lhe permitiriam conquistar o amor de Mona Sofia e partiria com ela para o outro lado do Mediterrâneo, ou, se necessário, para as novas terras situadas do outro lado do mundo, para além do Atlântico.

Então, perdidamente apaixonada pelo anatomista, Mona Sofia se converteria na mais leal das mulheres e, decerto, na mais fiel esposa.

Naquela mesma noite empacotou algumas roupas e todo o dinheiro que havia ganhado em sua passagem pelo Vaticano. Jogou a *foggia* sobre a testa e, caminhando contra a multidão, como um criminoso, foi abrindo passagem até perder-se pelas ruelas de Roma.

Às suas costas, o Vaticano era uma festa.

QUINTA PARTE

A Missa Negra

I

A velocidade com que os acontecimentos haviam-se precipitado desde o dia em que todo o processo se iniciara, desde a sua impensável ascensão à destra do trono de Paulo III até a queda meteórica e a fuga do cardeal Caraffa, a rapidez dos fatos fizera Mateo Colombo esquecer por completo a carta que mandara enviar do seu cativeiro, no claustro da Universidade, para Inês de Torremolinos. A rigor, diria-se que havia esquecido por completo da existência de sua antiga mecenas. Pensava em Mona Sofia como um destino inelutável; haveria de chegar o dia – que afinal, e antes do esperado, efetivamente chegou – em que teria que abandonar o Vaticano, e então viajaria a Veneza, direto ao *bordello* da rua Bocciari, junto à Santa Trindade, para reunir-se por fim com a sua predestinação. Não pensava naquele momento com ansiedade e sim com a irrefletida consciência com que se carrega aquela certeza da morte que nos permite viver sem uma angústia permanente. Em sua permanência no Vaticano, contudo, não havia lembrado uma vez sequer da remota existência de Inês de Torremolinos.

O fato é que a fatalidade dispôs que aquela carta, graças aos ofícios de *messere* Vittorio, chegasse até Florença.

II

Numa madrugada de abril do ano de 1558, um mensageiro chamava às portas da modesta casa lindante com a abadia. Desde o dia em que Mateo Colombo partira de Florença, Inês não voltara a ter notícias do anatomista. Desde aquele dia não pensava em outra coisa senão em Mateo Colombo, e nada havia no universo que não lho recordasse. Tantas vezes, com a chegada de algum mensageiro, tivera a errada certeza de que iria receber notícias de Mateo Colombo que, para evitar mais desilusões, havia-se proposto a não mais contemplar aquela possibilidade. Nem quisera olhar a rubrica estampada no lacre que selava a fita do rolo. Caminhou até a pequena *scriptoria* situada perto da lareira em que ardiam os lenhos. Mais além, as meninas cantavam e corriam. Somente após acomodar-se na escrivaninha é que ela se atreveu a examinar a rubrica. Seu coração deu um pulo. Tentando manter a calma ou, pelo menos, aparentá-la, ordenou docemente às meninas que fossem brincar em sua alcova. Antes de retirar a fita do rolo, apertou a carta contra o peito e elevou uma prece aos céus. Havia esperado tantos meses por aquele momento. E, no entanto, agora, depois de um sem-número de angústias e desilusões, agora que por fim podia, ao menos, acariciar o papel em que as mãos do anatomista haviam tocado, um pesar infinito a embargava. Algo lhe dizia que aquela carta não traria nada de bom. E então extraiu a mensagem da fita que a circundava.

Precisou agarrar-se à borda da *scriptoria* para não cair da cadeira quando leu: "Quando esta carta chegar a Florença já não estarei com vida...". Não obstante, com os olhos inundados de lágrimas e o peito convulsionado pelo choro, continuou lendo. "Se considerais que estou cometendo sacrilégio ao dizer o que jurei silenciar, detende agora mesmo a leitura, e que estes papéis acabem no fogo...", leu e, mesmo pensando que o anatomista cometia sacrilégio, continuou a leitura.

"Se decidi quebrar os votos de silêncio que me foram impostos e resolvi revelar-vos, somente a vós, o meu descobrimento, é porque foi em vosso corpo, minha senhora, que achei a minha doce 'América'. Em vosso corpo achei a sede do amor e o supremo prazer das mulheres. E a vós devo agradecer haver-me sido dado revelar a Obra Divina no que se refere ao amor feminino. Meu *Amor Veneris* é o vosso *Amor Veneris*. Não creiais que ignoro o quanto me haveis amado. E talvez ainda hoje seja assim. Mas não vos enganeis; não é a mim que vós amais. Nem mesmo sois vós quem me ama. Quando curei vossa penosa doença, substituí-a sem querer por esse amor que me professastes. Era no *Amor Veneris* que residia a vossa doença, e é vosso *Amor Veneris* quem me ama. Não vos enganeis. Nada sou, minha senhora, para merecer o vosso amor."

Inês de Torremolinos terminou de ler a carta com uma serena impavidez. Estava ainda com os olhos úmidos, mas o coração batia agora com uma súbita calma. De repente seus olhos se encheram de mansa e repousada malícia. Ficou em pé e caminhou até a cozinha. Pegou uma faca e uma pedra de afiar. Analisou a situação com calma. Lamentou-se infinitamente pela suposta morte do amado, ofereceu-se um sincero pêsame e até agradeceu a si mesma pelas condolências. Enquanto afiava a faca na pedra, sentia que sua razão se iluminava com uma luz nova. Muitas vezes fora assaltada por negros temores de morte e loucura. Mas agora, repassando a lâmina na pedra, dizia para si mesma que aquele era o momento da lucidez mais alta e sublime. Sua mão não estava sendo guiada por um impulso místico ou por um arrebatamento extático. Nunca estivera mais serena.

– *Amor Veneris, vel Dulcedo Apeleteur* – repetia, enquanto passava a lâmina pela pedra.

Afiava a faca com a mesma serenidade com que todas as manhãs tocava os sinos da abadia. Agora, por fim, poderia ser dona do seu coração. Sequer sentiu angústia diante do fato irredutível de que, como o anatomista bem sabia, estava perdidamente apaixonada. Tantas horas de angústia poderiam ter sido evitadas se houvesse sabido antes. Era tão fácil!

Quando se certificou de que a lâmina da faca estava perfeitamente afiada, ergueu a vista até o outro lado da janela e encheu a alma com aquela paisagem. Foi um corte rápido, preciso. Não sentiu nenhuma dor; apenas um finíssimo fio de sangue que deslizou por sua coxa. Entre o indicador e o polegar ela segurava agora a causa dos seus tormentos. Olhou para aquele diminuto órgão e, com um sorriso beatífico, disse:

– *Amor Veneris, vel Dulcedo Apeleteur.*

A partir dali, e para sempre, prescindiria do amor. Agora, por fim, era dona do seu próprio coração.

A RESSURREIÇÃO DA CARNE

I

Daquele dia em diante, nada mais se soube em Florença sobre Inês de Torremolinos. Nenhuma notícia teve o abade de sua benfeitora ou de suas três filhas, desde aquela manhã de abril em que um mensageiro chamou às portas da pequena casa ao lado da abadia. O abade achou apenas uns finíssimos fios de sangue no chão da cozinha e, mais além, ao lado da faca e da pedra, quatro minúsculos e idênticos pedaços de carne, quatro pérolas vermelhas, cuja localização anatômica ele não pôde precisar. Inês de Torremolinos e suas três filhas haviam desaparecido de Florença.

Inês estivera a um passo da santidade. Mas um passo também é o que separa a virtude da fogueira. Pois que, deve ser dito agora, Inês de Torremolinos, após um breve julgamento realizado em sua Castela natal, acabou seus dias no fogo do Santo Ofício, no ano de 1559. Nada disse em seu favor.

A prova que determinou a sua sorte foi um livro cujos versos admitiu como de sua autoria diante do tribunal. E aquele sem dúvida foi um pecado menor, comparado com todos os que lhe eram imputados e que ela mesma reconheceu. *Missa Negra* – tal era o título com que ficou conhecido – foi incinerado junto com sua autora e, assim como a obscura biografia desta – da qual mal sobram vestígios –, somente uns poucos versos foram salvos, graças à tradição oral. Dos sessenta que constituíam a *Missa Negra*, só se conhecem alguns fragmentos de oito estrofes.[1]

1. Da versão castelhana original e completa nunca foi achado um único exemplar; presumilvemente, foram todos queimados. As oito estrofes sobreviventes são uma tradução ao italiano que consta na *Antologia prohibita*. A tradução do italiano é de nossa modesta e imperita lavra.

Missa Negra

I

ESTROFES

1

Ardesse a minha carne na fogueira
Mordesse da cicuta o amargor,
ou na forca eu sucumbisse, se assim for,
mesmo assim nada me enluta
e me declaro desde já a mais faceira
e dentre as putas, de todas a mais puta.

14

Em nome do amor
tudo se entrega ao verdugo
Por ele fazemos pão
e só nos dá o sabugo.
Por ele parimos filhos
Tudo em nome do amor.

Se não sabe fazer pão
se não pode parir filhos

– para uma, sua arte é pouca
e para outra, um facto nu –,
que coma pão perla boca
e tenha infantes pelo cu.

22

Pois que o amor para mim era
a doença e o tormento
e o punhal que dilacera.
(...)

Se por cantar o amor
nada vi senão lamento
e de males de amor morria.
(...)

43

Disseram-vos, cozinhai!
Aqui vos dou minha receita
que de agora e para sempre
deixará de ser secreta.

Tomai como desjejum
quando o sol saia e se erga
de vinte mancebos, hum
de longa e gorda verga
e do leite bom sugai
que para a sede saciar
melhor que este, nenhum.

E no momento da missa
fazendo o padre um sermão
nem hóstia nem vinho tento
pois só tomo em sacramento
sua divina e presta piça.

II

O primeiro verso é a síntese da tragédia. Constitui uma declaração de princípios e, ao mesmo tempo, uma predição do próprio destino. Inês de Torremolinos não foi apenas *de todas a mais puta*; não foi apenas a mais cara e a mais cobiçada das putas de Espanha. No longuíssimo ano de 1559 – mais longo que a sua vida inteira –, fundou a casta de putas mais perfeitas do Mediterrâneo. Não tinha que educá-las como princesas, não tinha que cultivar seu espírito no desamor, nem seu corpo na abstinência do prazer, posto que nunca padeceriam de amor nem seriam escravas do prazer. No longuíssimo ano de 1559, Inês de Torremolinos não só exerceu e ensinou a prostituição com maestria: converteu-se numa fervorosa evangelizadora da emancipação dos corações femininos. No longuíssimo ano de 1559, Inês de Torremolinos fez com o seu corpo uma fortuna muitas vezes superior à que havia herdado do pai e do finado marido. Construiu os mais esplêndidos bordéis e recrutou suas pupilas entre as almas mais castigadas. De jovenzinhas irremediavelmente apaixonadas a religiosas dos conventos, todas escutavam as inflamadas exortações de Inês de Torremolinos. Cada uma delas tinha nas próprias mãos o verdadeiro arbítrio de ser, por fim, dona do próprio coração.

Mais de mil e quinhentas mulheres trabalhavam nos bordéis de Inês de Torremolinos. Mais de mil e quinhentas mulheres haviam tomado o caminho da emancipação e abjurado a maldição que o *Amor Veneris* significava. A ablação era praticada, em todos os casos, pela própria Inês de Torremolinos. Nem um só homem participava dos enormes lucros que os lupanares produziam. Tratava-se de um verdadeiro exército de femininas vontades.

III

Os versos de *Missa Negra* chegaram a constituir um temível catecismo. Não havia uma única mulher que, ao escutá-los, escapasse de sentir-se aludida em alguma das estrofes: as solteiras e as casadas; as viúvas e as religiosas; as apaixonadas e as desenganadas. *Missa Negra,* por certo, era um título que aludia à totalidade das mulheres, porque se referia aos conciliábulos pagãos, aos tenebrosos rituais iniciáticos das bruxas. E, certamente, as bruxas eram bem descritas pela autoridade; nos *Catálogos sobre harpias e feiticeiras* podia-se encontrar a perfeita caracterização das bruxas: "A que faz mal a outra; a que tem iniciativa daninha; a que olha de esguelha; a que olha de frente com descaro; a que sai à noite; a que cabeceia de dia; a que anda com ânimo triste; a que ri em excesso; a dissipada; a devota; a espantadiça; a valente e grave; a que se confessa com freqüência; a que jamais se confessa; a que se defende; a que acusa com o dedo em riste; as que têm conhecimento de fatos longínquos; as que conhecem os segredos da ciência e das artes; as que falam diversidade de idiomas".

A prostituição não era delito que pudesse ser penalizado. Mas sim, é claro, a bruxaria. O *Catálogo sobre harpias e feiticeiras* tinha para cada cabeça uma sentença.

SEXTA PARTE

A TRINDADE

I

Numa madrugada do inverno de 1559, pouco antes da saída do sol, um punhado de pessoas ávidas de calor, talvez em razão do cruel frio castelhano, reunia-se num concentrado círculo no meio da praça para ver o verdugo acendendo os lenhos. No centro, amarrada ao poste da fogueira, encontrava-se Inês de Torremolinos. Às suas costas erguiam-se outros três postes, cujas alturas superavam em muito as breves estaturas de suas três filhas.

– Queimai as bruxas – vociferavam as senhoras, erguendo as crianças nos ombros para que pudessem ver a exemplar cerimônia.

Primeiro o verdugo acendeu os lenhos sobre os quais repousavam os pés das meninas, cujos gritos – na opinião dos juízes – multiplicariam o tormento da Bruxa-Mãe. No entanto, nenhuma das meninas emitiu um único lamento quando os galhos se inflamaram por completo. Antes de que seus pequenos corpos fossem desfigurados pelas línguas de fogo que subiam até o topo dos mastros, as donzelas já haviam morrido de asfixia.

Diria-se que aquilo que estava começando a assar com o calor que vinha do chão era a pele insensível de uma salamandra e não os delicados pés de uma mulher. Inês de Torremolinos resistia com um olhar beatífico, e seu levíssimo corpo, não estivesse preso ao mastro, pareceria capaz de elevar-se com a fumaça negra que emanava da carne queimada dos seus calcanhares. Como se estivesse animada pelo Todo-Poderoso, ela resistia sem uma só queixa àquela temperatura que superava em não menos de mil vezes a do seu feminino corpo.

De repente, sob a voracidade de uma chama insuflada pelo vento, uma língua de fogo envolveu-a, cobriu-a por completo e, quando a flama voltou ao inferno das brasas, revelou um corpo irreconhecível, negro e amorfo. Ainda estava viva. O verdugo avivou as chamas e notou que os olhos da condenada olhavam-no com piedade. Por um segundo o verdugo acreditou ser um homem, ou, pelo menos, alguma coisa semelhante a um homem, posto que experimentou um sentimento próximo da vergonha quando a ré – ou o que dela havia restado – finalmente morreu.

Acabavam de dobrar os sinos da basílica.

II

Naquela mesma hora, mas em Veneza, um homem que ocultava o rosto sob uma *foggia* enfiada até as sobrancelhas caminhava a passo ligeiro pela ruela de Bocciari. Caminhava como se pretendesse chegar ao seu destino antes que o sol se escondesse entre as colunas que sustentam o leão alado e São Teodorico. Antes que os autômatos mouros da Torre do Relógio batessem a primeira das seis badaladas. O homem, antes de enfrentar os degraus que conduziam ao pequeno átrio do *bordello dil Fauno Rosso*, ajeitou a *foggia* e certificou-se de que nenhum dos pedestres que àquela hora se dirigiam para o primeiro ofício da Santa Trindade o visse entrar.

Foi recebido pela *madonna* Simoneta, que imediatamente convidou-o a entrar.

– Já conheceis o serviço da casa? – perguntou, e vendo que o visitante nada respondia ofereceu-lhe o catálogo e uma taça de vinho, classificando-o como um tímido viajante.

Aparentemente o homem preferia conservar o anonimato, pois não tirava o capuz que lhe cobria a cabeça. Nem sequer notara a bebida que acabavam de oferecer-lhe.

– Tenho que ver Mona Sofia – disse laconicamente.

A mulher ficou em silêncio e baixou a cabeça.

– Sei que não é hora – justificou-se o visitante –, mas é urgente que eu a veja agora.

– Quem a procura? – murmurou a mulher, sem levantar a vista.

Mateo Colombo não compreendia o porquê de tanta formalidade.

– Sou um velho cliente... – limitou-se a dizer.

– Pois ela não pode atender-vos...

– Posso esperar, se está ocupada agora, mas não tenho muito tempo.

O anatomista percebeu que os olhos da mulher inundavam-se de umidade. Não estava entendendo. Segurou-a pelos braços e a sacudiu com força.

– O que está acontecendo aqui? – vociferou, e de imediato correu até as escadas que levavam até os altos.

– Por Deus vos imploro, não entreis em sua alcova! – suplicou a mulher, tentando segurá-lo pelo *lucco.*

III

O que Mateo Colombo viu quando transpôs a porta da alcova de Mona Sofia congelou o seu sangue. Sentiu terror. Experimentou uma comoção apocalíptica. Era, exatamente, o fim do mundo.

A alcova estava com um fedor irrespirável. No meio da cama encontrava-se uma ruína sofrida e mutilada, um esqueleto com umas poucas tiras de pele corrompida, cinza-esverdeada, salpicada de tumores purpúreos. Mateo Colombo aproximou-se agarrando-se às paredes. Só reconheceu que aquela ruína viva era Mona Sofia por suas retinas verdes como esmeraldas, que agora sobressaíam do rosto dando-lhe uma expressão de loucura.

Nunca, jamais em sua vida de médico havia-se deparado com semelhante grau de sífilis. Afastou as cobertas e viu o espetáculo mais macabro que poderia presenciar: aquelas pernas com coxas firmes de animal e torneadas como a madeira eram agora dois ossos inúteis; aquelas mãos que, de tão pequenas, pareciam não poder abarcar o diâmetro de uma glande inflamada eram como dois galhos outonais; aqueles mamilos com o diâmetro e a textura de uma flor, se porventura existisse, que tivesse o diâmetro e a textura dos mamilos de Mona Sofia...

Mateo Colombo sentou na beirada da cama, acariciou-lhe os cabelos – ralos e murchos – e passou a palma da mão por aquela testa feita de sulcos. O anatomista chorava. Não de pesar. Não de compaixão. Chorava com a emoção dos apaixonados. Amava cada parte daquele corpo dizimado pela doença. Com a maior delicadeza, ergueu os tornozelos e, lentamente, separou as coxas. Viu a vulva, tão seca e murcha como a boca de uma anciã desdentada, afastou-lhe as carnezinhas e acariciou o seu *Amor Veneris*. Acariciou-o com suavidade, amorosamente, empregando uma infinita ternura. Chorou com a emoção do amor quando se entala na garganta.

– Meu amor – dizia com a alma –, meu amor – repetia, enquanto acariciava a sua doce "América".

O anatomista sentiu um levíssimo tremor na ponta dos dedos e ouviu um sussurro. Com as faces banhadas em lágrimas, perguntou-lhe:

– Vós me amais? – e isso foi uma súplica, uma prece.

Mona Sofia voltou os olhos para a janela, inspirou tudo o que lhe permitiram os seus enfermiços pulmões – não mais que uma ínfima baforada de ar – e, sem mexer os lábios, com uma voz que parecia vir do fundo de uma caverna, falou:

– Teu tempo acabou – ouviu-a dizer o anatomista, antes de emitir um estertor, que foi o último.

O VÉRTICE

I

No ponto mais elevado do maciço promontório que separa Verona de Trento, sobre o cume do monte Veldo, um corvo pousa sobre a carne ainda fresca. Antes de afundar o bico naquela abundante carniça, sente o odor de que ele mais gosta. Parece que aquela é a comida mais longamente desejada. Bica um olho e o sacode até tirá-lo da órbita. Afasta-o um pouco dali e num instante o devora. Agora caminha sobre o peito daquela carniça e mete o bico na ferida, da qual, como uma estaca, eleva-se uma faca. Come até saciar-se. Antes de levantar vôo e lançar-se em direção a Veneza, antes de voar para o Canal Grande por onde passará, em algum momento, como todas as manhãs, o barco que recolhe os mortos, pousa sobre um dedo daquela carniça inchada e lhe dá bicadas até desprender a pele. Pela primeira vez Leonardino comeu, sem motivos para temer, da mão do seu amo.

Amanhã há de voltar para o resto.

Coleção L&PM POCKET

1. **Catálogo geral da Coleção**
2. **Poesias** – Fernando Pessoa
3. **O livro dos sonetos** – org. Sergio Faraco
4. **Hamlet** – Shakespeare/ trad. Millôr
5. **Isadora, fragmentos autobiográficos** – Isadora Duncan
6. **Histórias sicilianas** – G. Lampedusa
7. **O relato de Arthur Gordon Pym** – Edgar A. Poe
8. **A mulher mais linda da cidade** – Bukowski
9. **O fim de Montezuma** – Hernan Cortez
10. **A ninfomania** – D. T. Bienville
11. **As aventuras de Robinson Crusoé** – Daniel Defoe
12. **Histórias de amor** – A. Bioy Casares
13. **Armadilha mortal** – Roberto Arlt
14. **Contos de fantasmas** – Daniel Defoe
15. **Os pintores cubistas** – G. Apollinaire
16. **A morte de Ivan Ilitch** – L.Tolstoi
17. **A desobediência civil** – D. H. Thoreau
18. **Liberdade, liberdade** – Flávio Rangel e Millôr Fernandes
19. **Cem sonetos de amor** – Pablo Neruda
20. **Mulheres** – Eduardo Galeano
21. **Cartas a Théo** – Van Gogh
22. **Don Juan** – Molière – Trad. Millôr Fernandes
24. **Horla** – Guy de Maupassant
25. **O caso de Charles Dexter Ward** – H. P. Lovecraft
26. **Vathek** – William Beckford
27. **Hai-Kais** – Millôr Fernandes
28. **Adeus, minha adorada** – Raymond Chandler
29. **Cartas portuguesas** – Mariana Alcoforado
30. **A mensageira das violetas** – Sonetos – Florbela Espanca
31. **Espumas flutuantes** – Castro Alves
32. **Dom Casmurro** – Machado de Assis
34. **Alves & Cia.** – Eça de Queiroz
35. **Uma temporada no inferno** – A. Rimbaud
36. **A correspondência de Fradique Mendes** – Eça de Queiroz
38. **Antologia poética** – Olavo Bilac
39. **Rei Lear – W. Shakespeare** – Trad. de Millôr Fernandes
40. **Memórias póstumas de Brás Cubas** – Machado de Assis
41. **Que loucura!** – Woody Allen
42. **O duelo** – Casanova
44. **Gentidades** – Darcy Ribeiro
45. **Memórias de um Sarg. de Milícias** – Manuel A. de Almeida
46. **Os escravos** – Castro Alves
47. **O desejo pego pelo rabo** – Pablo Picasso
48. **Os inimigos** – Máximo Gorki
49. **O colar de veludo** – Alexandre Dumas
50. **Livro dos bichos** – Vários
51. **Quincas Borba** – Machado de Assis
53. **O exército de um homem só** – Moacyr Scliar
54. **Frankenstein** – Mary Shelley
55. **Dom Segundo Sombra** – Ricardo Güiraldes
56. **De vagões e vagabundos** – Jack London
57. **O homem bicentenário** – Isaac Asimov
58. **A viuvinha** – José de Alencar
59. **Livro das cortesãs** – Org. de Sergio Faraco
60. **Últimos poemas** – Pablo Neruda
61. **A moreninha** – Joaquim Manuel de Macedo
62. **Cinco minutos** – José de Alencar
63. **Saber envelhecer e a amizade** – Cícero
64. **Enquanto a noite não chega** – J. Guimarães
65. **Tufão** – Joseph Conrad
66. **Aurélia** – Gérard de Nerval
67. **I-Juca-Pirama** – Gonçalves Dias
68. **Fábulas de Esopo**
69. **Teresa Filósofa** – Anônimo do Séc. XVIII
70. **Aventuras inéditas de Sherlock Holmes** – A. C. Doyle
71. **Antologia poética** – Mario Quintana
72. **Antes e depois** – Paul Gauguin
73. **A morte de Olivier Bécaille** – Émile Zola
74. **Iracema** – José de Alencar
75. **Iaiá Garcia** – Machado de Assis
76. **Utopia** – Tomás Morus
77. **Sonetos para amar o amor** – Camões
78. **Carmem** – Prosper Mérimée
79. **Senhora** – José de Alencar
80. **Hagar, o horrível 1** – Dik Browne
81. **O coração das trevas** – Joseph Conrad
82. **Um estudo em vermelho** – Conan Doyle
83. **Todos os sonetos** – Augusto dos Anjos
84. **A propriedade é um roubo** – P.-J. Proudhon
85. **Drácula** – Bram Stoker
86. **O marido complacente** – Sade
87. **De profundis** – Oscar Wilde
88. **Sem plumas** – Woody Allen
89. **Os bruzundangas** – Lima Barreto
90. **O cão dos Baskervilles** – Conan Doyle
91. **Paraísos artificiais** – Charles Baudelaire
92. **Cândido, ou o otimismo** – Voltaire
93. **Triste fim de Policarpo Quaresma** – Lima Barreto
94. **Amor de perdição** – Camilo Castelo Branco
95. **Megera domada** – Shakespeare/Millôr
96. **O mulato** – Aluísio Azevedo
97. **O alienista** – Machado de Assis
98. **O livro dos sonhos** – Jack Kerouac
99. **Noite na taverna** – Álvares de Azevedo
100. **Aura** – Carlos Fuentes
102. **Contos gauchescos e lendas do sul** – Simões Lopes Neto

103.**O cortiço** – Aluísio Azevedo
104.**Marília de Dirceu** – T. A. Gonzaga
105.**O Primo Basílio** – Eça de Queiroz
106.**O ateneu** – Raul Pompéia
107.**Um escândalo na Boêmia** – Conan Doyle
108.**Contos** – Machado de Assis
109.**200 Sonetos** – Luis Vaz de Camões
110.**O príncipe** – Maquiavel
111.**A escrava Isaura** – Bernardo Guimarães
112.**O solteirão nobre** – Conan Doyle
114.**Shakespeare de A a Z** – W. Shakespeare
115.**A relíquia** – Eça de Queiroz
117.**O livro do corpo** – Vários
118.**Lira dos 20 anos** – Álvares de Azevedo
119.**Esaú e Jacó** – Machado de Assis
120.**A barcarola** – Pablo Neruda
121.**Os conquistadores** – Júlio Verne
122.**Contos breves** – G. Apollinaire
123.**Taipi** – Herman Melville
124.**Livro dos desaforos** – Org. de S. Faraco
125.**A mão e a luva** – Machado de Assis
126.**Doutor Miragem** – Moacyr Scliar
127.**O penitente** – Isaac B. Singer
128.**Diários da descoberta da América** – Cristóvão Colombo
129.**Édipo Rei** – Sófocles
130.**Romeu e Julieta** – William Shakespeare
131.**Hollywood** – Charles Bukowski
132.**Billy the Kid** – Pat Garrett
133.**Cuca fundida** – Woody Allen
134.**O jogador** – Dostoiévski
135.**O livro da selva** – Rudyard Kipling
136.**O vale do terror** – Conan Doyle
137.**Dançar tango em Porto Alegre** – S. Faraco
138.**O gaúcho** – Carlos Reverbel
139.**A volta ao mundo em oitenta dias** – J. Verne
140.**O livro dos esnobes** – W. M. Thackeray
141.**Amor & morte em Poodle Springs** – Raymond Chandler & R. Parker
142.**As aventuras de David Balfour** – Robert L. Stevenson
143.**Alice no país das maravilhas** – Lewis Carroll
144.**A ressurreição** – Machado de Assis
145.**Inimigos, uma história de amor** – I. Singer
146.**O Guarani** – José de Alencar
147.**Cidade e as serras** – Eça de Queiroz
148.**Eu e outras poesias** – Augusto dos Anjos
149.**A mulher de trinta anos** – Balzac
150.**Pomba enamorada** – Lygia F. Telles
151.**Contos fluminenses** – Machado de Assis
152.**Antes de Adão** – Jack London
153.**Intervalo amoroso** – Affonso Romano de Sant'Anna
154.**Memorial de Aires** – Machado de Assis
155.**Naufrágios e comentários** – Álvar Nuñes Cabeza de Vaca
156.**Ubirajara** – José de Alencar
157.**Textos anarquistas** – Bakunin
158.**O pirotécnico Zacarias** – Murilo Rubião
159.**Amor de salvação** – Camilo Castelo Branco
160.**O gaúcho** – José de Alencar
161.**O Livro das maravilhas** – Marco Polo
162.**Inocência** – Visconde de Taunay
163.**Helena** – Machado de Assis
164.**Uma estação de amor** – Horácio Quiroga
165.**Poesia reunida** – Martha Medeiros
166.**Memórias de Sherlock Holmes** – Sir Arthur Conan Doyle
167.**A vida de Mozart** – Stendhal
168.**O primeiro terço** – Neal Cassady
169.**O mandarim** – Eça de Queiroz
170.**Um espinho de marfim** – Marina Colasanti
171.**A ilustre Casa de Ramires** – Eça de Queiroz
172.**Lucíola** – José de Alencar
173.**Antígona** – Sófocles – trad. Donaldo Schüler
174.**Otelo** – William Shakespeare
175.**Antologia** – Gregório de Matos
176.**A liberdade de imprensa** – Karl Marx
177.**Casa de pensão** – Aluísio Azevedo
178.**São Manuel Bueno, Mártir** – Miguel de Unamuno
179.**Primaveras** – Casimiro de Abreu
180.**O noviço** – Martins Pena
181.**O sertanejo** – José de Alencar
182.**Eurico, o presbítero** – Alexandre Herculano
183.**O signo dos quatro** – Conan Doyle
184.**Sete anos no Tibet** – Heinrich Harrer
185.**Vagamundo** – Eduardo Galeano
186.**De repente acidentes** – Carl Solomon
187.**As minas de Salomão** – Rider Haggar
188.**Uivo** – Allen Ginsberg
189.**A ciclista solitária** – Conan Doyle
190.**Os seis bustos de Napoleão** – Sir Arthur Conan Doyle
191.**Cortejo do divino** – Nelida Piñon
192.**Cassino Royale** – Ian Fleming
193.**Viva e deixe morrer** – Ian Fleming
194.**Os crimes do amor** – Marques de Sade
195.**Besame Mucho** – Mário Prata
196.**Tuareg** – Alberto Vázquez-Figueroa
197.**O longo adeus** – Raymond Chandler
198.**Os diamantes são eternos** – Ian Fleming
199.**Notas de um velho safado** – C. Bukowski
200.**111 ais** – Dalton Trevisan
201.**O nariz** – Nicolai Gogol
202.**O capote** – Nicolai Gogol
203.**Macbeth** – William Shakespeare
204.**Heráclito** – Donaldo Schüler
205.**Você deve desistir, Osvaldo** – Cyro Martins
206.**Memórias de Garibaldi** – A. Dumas
207.**A arte da guerra** – Sun Tzu
208.**Fragmentos** – Caio Fernando Abreu
209.**Festa no castelo** – Moacyr Scliar
210.**O grande deflorador** – Dalton Trevisan

211. **Corto Maltese na Etiópia** – Hugo Pratt
212. **Homem do princípio ao fim** – Millôr Fernandes
213. **Aline e seus dois namorados** – Adão Iturrusgarai
214. **A juba do leão** – Sir Arthur Conan Doyle
215. **Assassino metido a esperto** – R. Chandler
216. **Confissões de um comedor de ópio** – Thomas De Quincey
217. **Os sofrimentos do jovem Werther** – J. Wolfgang Goethe
218. **Fedra** – Racine – Trad. Millôr Fernandes
219. **O vampiro de Sussex** – Conan Doyle
220. **Sonho de uma noite de verão** – Shakespeare
221. **Dias e noites de amor e de guerra** – Eduardo Galeano
222. **O Profeta** – Khalil Gibran
223. **Flávia, cabeça, tronco e membros** – Millôr Fernandes
224. **Guia da ópera** – Jeanne Suhamy
225. **Macário** – Álvares de Azevedo
226. **Etiqueta na Prática** – Celia Ribeiro
227. **Manifesto do partido comunista** – Marx & Engels
228. **Poemas** – Millôr Fernandes
229. **Um inimigo do povo** – Henrik Ibsen
230. **O paraíso destruído** – Frei B. de las Casas
231. **O gato no escuro** – Josué Guimarães
232. **O mágico de Oz** – L. Frank Baum
233. **Armas no Cyrano's** – Raymond Chandler
234. **Max e os felinos** – Moacyr Scliar
235. **Nos céus de Paris** – Alcy Cheuiche
236. **Os bandoleiros** – Schiller
237. **A primeira coisa que eu botei na boca** – Deonísio da Silva
238. **As aventuras de Simbad, o marújo**
239. **O retrato de Dorian Gray** – Oscar Wilde
240. **A carteira de meu tio** – J. Manuel de Macedo
241. **A luneta mágica** – J. Manuel de Macedo
242. **A metamorfose** – Kafka
243. **A flecha de ouro** – Joseph Conrad
244. **A ilha do tesouro** – R. L. Stevenson
245. **Marx - Vida & Obra** – José A. Giannotti
246. **Gênesis**
247. **Unidos para sempre** – Ruth Rendell
248. **A arte de amar** – Ovídio
249. **O sono eterno** – Raymond Chandler
250. **Novas receitas do Anonymus Gourmet** – J. A. Pinheiro Machado
251. **A nova catacumba** – Conan Doyle
252. **O Dr. Negro** – Sir Arthur Conan Doyle
253. **Os voluntários** – Moacyr Scliar
254. **A bela adormecida** – Irmãos Grimm
255. **O príncipe sapo** – Irmãos Grimm
256. **Confissões** *e* **Memórias** – H. Heine
257. **Viva o Alegrete** – Sergio Faraco
258. **Vou estar esperando** – R. Chandler
259. **A senhora Beate e seu filho** – Schnitzler
260. **O ovo apunhalado** – Caio Fernando Abreu
261. **O ciclo das águas** – Moacyr Scliar
262. **Millôr Definitivo** – Millôr Fernandes
263. **O foguete da morte** – Ian Fleming
264. **Viagem ao centro da terra** – Júlio Verne
265. **A dama do lago** – Raymond Chandler
266. **Caninos brancos** – Jack London
267. **O médico e o monstro** – R. L. Stevenson
268. **A tempestade** – William Shakespeare
269. **Assassinatos na rua Morgue e outras histórias** – Edgar Allan Poe
270. **99 corruíras nanicas** – Dalton Trevisan
271. **Broquéis** – Cruz e Sousa
272. **Mês de cães danados** – Moacyr Scliar
273. **Anarquistas – vol. 1 – A idéia** – G. Woodcock
274. **Anarquistas – vol. 2 – O movimento** – George Woodcock
275. **Pai e filho, filho e pai** – Moacyr Scliar
276. **As aventuras de Tom Sawyer** – Mark Twain
277. **Muito barulho por nada** – W. Shakespeare
278. **Elogio à Loucura** – Erasmo
280. **O chamado da floresta** – J. London
281. **Uma agulha para o diabo** – Ruth Rendell
282. **Verdes vales do fim do mundo** – A. Bivar
283. **Ovelhas negras** – Caio Fernando Abreu
284. **O fantasma de Canterville** – O. Wilde
285. **Receitas de Yayá Ribeiro** – Celia Ribeiro
286. **A galinha degolada** – H. Quiroga
287. **O último adeus de Sherlock Holmes** – Arthur Conan Doyle
288. **A. Gourmet** *em* **Histórias de cama & mesa** – J. A. Pinheiro Machado
289. **Topless** – Martha Medeiros
290. **Mais receitas do Anonymus Gourmet** – J. A. Pinheiro Machado
291. **Origens do discurso democrático** – Donaldo Schüler
292. **Humor politicamente incorreto** – Nani
293. **O teatro do bem e do mal** – E. Galeano
294. **Garibaldi & Manoela** – J. Guimarães
295. **10 dias que abalaram o mundo** – John Reed
296. **Numa fria** – Charles Bukowski
297. **Poesia de Florbela Espanca** vol. 1
298. **Poesia de Florbela Espanca** vol. 2
299. **Escreva certo** – É. Oliveira e M. E. Bernd
300. **O vermelho e o negro** – Stendhal
301. **Ecce homo** – Friedrich Nietzsche
302. **Comer bem, sem culpa** – Dr. Fernando Lucchese, A. Gourmet e Iotti
303. **O livro de Cesário Verde** – Cesário Verde
304. **O reino das cebolas** – C. Moscovich
305. **100 receitas de macarrão** – S. Lancellotti
306. **100 receitas de molhos** – S. Lancellotti
307. **100 receitas light** – H. e Â. Tonetto
308. **100 receitas de sobremesas** – Celia Ribeiro
309. **Mais de 100 dicas de churrasco** – Leon Dziekaniak

310.**100 receitas de acompanhamentos** – Carmem Cabeda
311.**Honra ou vendetta** – S. Lancellotti
312.**A alma do homem sob o socialismo** – Oscar Wilde
313.**Tudo sobre Yôga** – Mestre De Rose
314.**Os varões assinalados** – Tabajara Ruas
315.**Édipo em Colono** – Sófocles
316.**Lisístrata** – Aristófanes/ trad. Millôr
317.**Sonhos de Bunker Hill** – John Fante
318.**Os deuses de Raquel** – Moacyr Scliar
319.**O colosso de Marússia** – Henry Miller
320.**As eruditas** – Molière/ trad. Millôr
321.**Radicci 1** – Iotti
322.**Os Sete contra Tebas** – Ésquilo
323.**Brasil Terra à Vista** – Eduardo Bueno
324.**Radicci 2** – Iotti
325.**Júlio César** – William Shakespeare
326.**A carta de Pero Vaz de Caminha**
327.**Cozinha Clássica** – Sílvio Lancellotti
328.**Madame Bovary** – Gustave Flaubert
329.**Dicionário do viajante insólito** – M. Scliar
330.**O capitão saiu para o almoço...** – Bukowski
331.**A carta roubada** – Edgar Allan Poe
332.**É tarde para saber** – Josué Guimarães
333.**O livro de bolso da Astrologia** – Maggy Harrissonx e Mellina Li
334.**1933 foi um ano ruim** – John Fante
335.**100 receitas de arroz** – Aninha Comas
336.**Guia prático do Português correto – vol. 1** – Cláudio Moreno
337.**Bartleby, o escriturário** – H. Melville
338.**Enterrem meu coração na curva do rio** – Dee Brown
339.**Um conto de Natal** – Charles Dickens
340.**Cozinha sem segredos** – J. A. Pinheiro Machado
341.**A dama das Camélias** – A. Dumas Filho
342.**Alimentação saudável** – H. e Â. Tonetto
343.**Continhos galantes** – Dalton Trevisan
344.**A Divina Comédia** – Dante Alighieri
345.**A Dupla Sertanojo** – Santiago
346.**Cavalos do amanhecer** – Mario Arregui
347.**Biografia de Vincent van Gogh por sua cunhada** – Jo van Gogh-Bonger
348.**Radicci 3** – Iotti
349.**Nada de novo no front** – E. M. Remarque
350.**A hora dos assassinos** – Henry Miller
351.**Flush - Memórias de um cão** – Virginia Woolf
352.**A guerra no Bom Fim** – M. Scliar
353(1).**O caso Saint-Fiacre** – Simenon
354(2).**Morte na alta sociedade** – Simenon
355(3).**O cão amarelo** – Simenon
356(4).**Maigret e o homem do banco** – Simenon
357.**As uvas e o vento** – Pablo Neruda
358.**On the road** – Jack Kerouac
359.**O coração amarelo** – Pablo Neruda
360.**Livro das perguntas** – Pablo Neruda
361.**Noite de Reis** – William Shakespeare
362.**Manual de Ecologia** – vol.1 – J. Lutzenberger
363.**O mais longo dos dias** – Cornelius Ryan
364.**Foi bom prá você?** – Nani
365.**Crepusculário** – Pablo Neruda
366.**A comédia dos erros** – Shakespeare
367(5).**A primeira investigação de Maigret** – Simenon
368(6).**As férias de Maigret** – Simenon
369.**Mate-me por favor (vol.1)** – L. McNeil
370.**Mate-me por favor (vol.2)** – L. McNeil
371.**Carta ao pai** – Kafka
372.**Os Vagabundos iluminados** – J. Kerouac
373(7).**O enforcado** – Simenon
374(8).**A fúria de Maigret** – Simenon
375.**Vargas, uma biografia política** – H. Silva
376.**Poesia reunida (vol.1)** – Affonso Romano de Sant'Anna
377.**Poesia reunida (vol.2)** – Affonso Romano de Sant'Anna
378.**Alice no país do espelho** – Lewis Carroll
379.**Residência na Terra 1** – Pablo Neruda
380.**Residência na Terra 2** – Pablo Neruda
381.**Terceira Residência** – Pablo Neruda
382.**O delírio amoroso** – Bocage
383.**Futebol ao sol e à sombra** – E. Galeano
384(9).**O porto das brumas** – Simenon
385(10).**Maigret e seu morto** – Simenon
386.**Radicci 4** – Iotti
387.**Boas maneiras & sucesso nos negócios** – Celia Ribeiro
388.**Uma história Farroupilha** – M. Scliar
389.**Na mesa ninguém envelhece** – José A. Pinheiro Machado
390.**200 receitas inéditas do Anonymus Gourmet** – J. A. Pinheiro Machado
391.**Guia prático do Português correto – vol. 2** – Cláudio Moreno
392.**Breviário das terras do Brasil** – Luiz Antonio de Assis Brasil
393.**Cantos Cerimoniais** – Pablo Neruda
394.**Jardim de Inverno** – Pablo Neruda
395.**Antonio e Cleópatra** – William Shakespeare
396.**Tróia** – Cláudio Moreno
397.**Meu tio matou um cara** – Jorge Furtado
398.**O anatomista** – Federico Andahazi

Coleção L&PM POCKET / SAÚDE

1.**Pílulas para viver melhor** – Dr. Fernando Lucchese
2.**Pílulas para prolongar a juventude** – Dr. Fernando Lucchese
3.**Desembarcando o Diabetes** – Dr. Fernando Lucchese
4.**Desembarcando o Sedentarismo** – Dr. Fernando Lucchese e Cláudio Castro
5.**Desembarcando a Hipertensão** – Dr. Fernando Lucchese

IMPRESSÃO:

GRÁFICA EDITORA
Pallotti
IMAGEM DE QUALIDADE

Santa Maria - RS - Fone/Fax: (55) 222.3050
www.pallotti.com.br

Com filmes fornecidos.